KB217706

피터 래빗 이야기 1

피터 래빗 이야기 1

The Tale of PETER RABBIT

베아트릭스 포터 지음 | 구자언 옮김

더클래식

피터 래빗 이야기

옛날 옛적에 아기 토끼 네 마리가 살고 있었어요.

아기 토끼들의 이름은 플롭시, 몹시, 코튼테일 그리고 피터였답니다.

이 아기 토끼들은 아주 커다란 전나무 뿌리 밑 모래 언덕에서 엄마 토끼와 함께 살고 있었어요.

어느 날 아침, 엄마 토끼가 말했습니다.

"우리 귀염둥이들, 들판이나 오솔길에서는 마음껏 놀아도 돼. 하지만, 맥그레거 아저씨네 정원에는 절대로 들어가면 안 된단다.

너희 아빠도 맥그레거 아저씨한테 잡혀서 파이 속으로 들어가시고 말았잖니.

엄마는 잠시 나갔다 올 테니 밖
에 나가 놀고 있으렴. 조심조심 놀
아야 한다."

엄마 토끼는 바구니와 우산을
챙겨 집을 나섰어요. 그리고는
숲을 지나 빵집에 가서 통밀 빵
한 덩어리와 건포도 빵 다섯 개
를 샀답니다.

　착하디착한 아기 토끼 플롭시, 몹시, 코튼테일은 산딸기를 따러 오솔길로 들어갔어요.

　하지만 말썽꾸러기 피터는 맥그레거 아저씨네 정원으로 곧장 달려 갔어요.

그러더니 울타리 문
밑으로 기어들어가는 게
아니겠어요?

피터는 먼저 상추와
강낭콩을 마구마구 먹
어댔어요. 그리고 당
근도 와작와작 씹어
먹었답니다.

피터는 배가 아프기 시작했어요.
그래서 배가 아플 때 먹는 미나리를 찾아 나섰지요.

하지만 오이밭을 돌아가다가 피터는 그만 맥그레거 아저씨와 덜컥 마주치고 말았지 뭐예요?

맥그레거 아저씨는 땅에 엎드려 양배추 모종을 심고 있다가 피터를 보자마자 벌떡 일어났어요. 그리고는 갈퀴를 마구 휘두르며 피터를 쫓아왔어요.

"이 도둑놈! 거기 서지 못해?"

피터는 몹시 겁에 질려 부리나케 달아났어요. 하지만 대문으로 가는 길을 몰라 정원을 이리저리 헤맸답니다.

저런, 피터가 신발을 잃어버리고 말았네요. 한 짝은 양배추밭, 다른 한 짝은 감자밭에서요.

신발을 잃어버린 피터는 네 발로 더 빨리 달렸어요. 무사히 도망쳐나갈 수 있을 것 같군요.

　앗, 그런데 이걸 어쩌죠? 피터가 그만 까치밥나무 그물로 뛰어들어가는 바람에 윗도리의 커다란 단추가 그물에 걸리고 만 거예요! 그 파란 윗도리는 반짝반짝 빛나는 단추가 달린 새 옷이었답니다.

이제 죽었구나 생각한 피터는 단념한 채 왕방울만 한 눈물을 뚝뚝 흘렸어요.

그런데 이 울음소리를 들은 상냥한 참새 친구들이 단숨에 날아와서는 조금만 더 노력해보라고 애원했답니다.

"피터! 좀 더 힘을 내! 찍찍!"

　바로 그때, 맥그레거 아저씨가 커다란 체를 들고 나타났어
요! 그 체로 피터를 가두어 잡아버리려는 것이었지요.

　그러나 마구 발버둥 치던 피터는 잡히려는 순간, 윗도리를
벗어둔 채로 간신히 빠져나왔답니다.

　헐레벌떡 헛간으로 달음박질한 피터는 양철로 된 물뿌리개 속으로 뛰어들었어요.

　아기 토끼가 몸을 숨기기에는 아주 훌륭한 장소였지만, 물뿌리개 속에는 물이 가득 차 있었답니다.

　맥그레거 아저씨는 피터가 틀림없이 헛간 어딘가에 숨어 있을 거라고 생각했어요.

　그러고는 피터가 화분 밑에 숨었다고 생각했는지, 아저씨는 화분을 하나하나 뒤집어보기 시작했어요.

　그런데 바로 그때, 피터가 "에엣취" 하고 재채기를 해버렸지 뭐예요!

　그러자 맥그레거 아저씨가 쏜살같이 달려와, 발로 피터를 막 밟으려고 했어요.

　그 순간, 피터는 창문 밖으로 껑충 뛰어나갔어요. 그 바람에 화분 세 개가 와르르 쏟아졌답니다.

　그러나 맥그레거 아저씨는 창문이 너무 작아 빠져나올 수가 없었어요. 결국 피터를 쫓아다니느라 지친 맥그레거 아저씨는 다시 일을 하러 돌아갔답니다.

피터는 잠시 앉아 쉬면서 숨을 헐떡거렸어요. 너무 무서운 나머지 다리까지 후들거렸답니다.

물뿌리개 속에 들어간 바람에 피터의 몸은 쫄딱 젖어버린 데다가 어디로 가야 할지도 몰라 눈앞이 캄캄했어요.

그러나 잠시 후 피터는 폴짝폴짝 뛰어다니며 천천히 주변을 살펴보기 시작했어요.

그러던 중 피터가 마침내 문을 찾았어요.

하지만 문은 굳게 잠겨 있었고, 문 밑에는 토실토실한 아기 토끼가 기어나갈 만한 틈이 전혀 없지 뭐예요?

그 옆에는 늙은 생쥐 한 마리가 문 아래로 부지런히 왔다 갔다 하며 완두콩과 열매들을 주워 숲속에 있는 가족들에게 가져다주고 있었어요.

피터가 생쥐에게 출구를 물었지만 입안 가득 커다란 완두콩을 물고 있던 생쥐는 대답할 수가 없어, 그저 고개만 가로저을 뿐이었지요.

결국 피터는 훌쩍훌쩍 울기 시작했어요. 정원을 가로질러 가보았지만 길은 점점 더 복잡해질 뿐이었어요.

바로 그때 피터는 연못을 발견했어요. 그 연못은 맥그레거 아저씨가 물뿌리개에 물을 뜨러 오는 곳이었답니다.

하얀 고양이가 그 연못가에 앉아서 금붕어들을 바라보고 있
었어요. 고양이는 꿈쩍도 하지 않고 아주 조용히 앉아 있었지
만, 가끔씩 꼬리 끝이 씰룩씰룩 움직이는 것을 보니 살아 있기
는 한 모양이었어요.

피터는 왠지 고양이에게는 아무 말도 하지 않고 지나가는 게
좋겠다고 생각했지요.

사촌 벤저민이 고양이에 대한 이야기를 해주곤 했거든요.

피터는 다시 헛간 쪽으로 돌아갔어요.

그런데 바로 그때, 주위에서 "쓱, 쓰윽, 쓱" 하고 괭이질을 하

는 소리가 나는 게 아니겠
어요?

놀란 피터는 덤불 밑으
로 허겁지겁 들어가 몸을
숨겼어요. 하지만 아무런
일도 일어나지 않자, 덤불
에서 나와 손수레 위에 올
라탔답니다.

피터가 수레 너머로
슬쩍 보니 제일 먼저
맥그레거 아저씨가 보
였어요. 아저씨는 피터
쪽으로 등을 돌리고 양
파를 캐고 있었는데, 아
저씨 뒤로 뭐가 보였는
지 아세요? 바로 밖으
로 나가는 문이었어요!

피터는 소리 나지 않게 조심조심 손수레에서 내려와 까치밥 덤불 뒤로 뻗은 길을 있는 힘껏 달리기 시작했답니다.

모퉁이를 돌 때는 결국 맥그레거 아저씨의 눈에 띄고 말았지만 피터는 앞만 보고 계속 달렸어요.

그리고 마침내 울타리 문 밑을 쏙 빠져나온 피터는 숲속으로 무사히 돌아올 수 있었답니다.

　맥그레거 아저씨는 정원 한가운데에 있는 허수아비에 피터가 잃어버린 자그마한 윗도리와 신발을 걸어두었어요.

　검은 새들이 더 이상 오지 못하도록 겁을 주기 위해서였지요.

　피터는 절대 멈추거나 뒤를 돌아보지 않고 계속 달렸어요.

　그리고 드디어 커다란 전나무 집에 도착했을 때 피터는

지칠 대로 지쳐 있었답니다. 결국 토끼 굴로 들어가자마자 푹신한 모래 바닥에 풀썩 쓰러져 잠이 들고 말았어요.

분주하게 음식을 만들던 엄마 토끼는 피터가 어쩌다 옷을 잃어버렸는지 궁금했답니다. 피터는 2주 전에도 윗도리와 신발을 잃어버려서 엄마가 새 윗도리와 신발을 사주었거든요!

가엾은 우리 피터는 저녁 내내 아팠답니다.

　엄마 토끼는 피터를 침대에 눕히고는 국화차를 끓여 피터에
게 주었어요.

　"자기 전에 국화차 한 스푼을 꼭 먹어야 한다."

하지만 플롭시, 몹시, 코튼테일은 저녁으로 빵과 우유, 산딸
기를 마음껏 먹었답니다.

다람쥐 넛킨 이야기

이번 이야기는 붉은 아기 다람쥐 넛킨의 엉덩이에 달려 있던 꼬리에 얽힌 이야기랍니다.

넛킨에게는 트윙클베리라는 사촌 형이 있었어요. 그리고 다른 사촌들도 엄청나게 많았답니다. 그 다람쥐들은 호숫가에 있는 숲속에서 함께 살고 있었어요.

　호수 가운데에는 섬이 하나 있었는데, 그곳에는 커다란 나무들과 키 작은 도토리나무들이 가득했답니다.

　그중에서도 속이 텅 빈 떡갈나무에는 올빼미 브라운 할아버지가 살고 있었어요.

어느 가을날이었어요. 도토리가 주렁주렁 열리고, 밤나무가 금빛과 푸른빛으로 물들어가고 있었지요.

넛킨과 트윙클베리는 다른 다람쥐들과 함께 숲속에서 우르르 몰려와 호숫가로 내려갔어요.

　다람쥐들은 나뭇가지들을 모아 자그마한 뗏목을 만들고는, 줄을 지어 열심히 노를 저었습니다. 호수 건너 올빼미 할아버지가 사는 섬에 도토리를 따러 가는 것이었지요.

　모두들 어깨에는 작은 주머니를, 손에는 커다란 노를 쥐고, 꼬리는 돛을 단 것처럼 꼿꼿이 세운 채로 호수를 건너갔어요.

　다람쥐들은 브라운 할아버지께 선물로 드릴 통통한 생쥐 세 마리도 가져갔어요. 트윙클베리와 다른 아기 다람쥐들은 생쥐를 올빼미 할아버지네 문 앞 계단에 놓고는 공손하게 절하며 말했어요.

　"브라운 할아버지, 할아버지네 섬에서 저희가 도토리를 따갈 수 있도록 부디 허락해주세요."

　그러나 넛킨은 다른 아기 다람쥐들과 다르게 무례하기 짝이 없었답니다. 마치 잘 익은 빨간 체리가 굴러다니듯 촐랑대며 노래를 부르는 게 아니겠어요?

뭘까요, 뭘까요, 알아맞혀보세요!
빠알간 옷을 입은 땅딸막한 아저씨가
한 손에는 지팡이, 목구멍엔 돌멩이!
뭘까요, 뭘까요, 알아맞혀보세요!

그런데 이 수수께끼는 아주아주 오래전부터 전해 내려오던
것이었어요.
　브라운 할아버지는 넛킨의 말에 눈도 깜짝하지 않고 자러 들
어가버렸답니다.

 저녁이 되자 다람쥐들은 주머니 속에 도토리를 가득 채워서
뗏목을 타고 다시 집으로 돌아갔어요.

그러나 다음 날 아침이 되자 다람쥐들은 다시 올빼미 할아버지가 사는 섬으로 건너갔답니다. 이번에도 트윙클베리와 다람쥐 친구들은 토실토실한 두더지 한 마리를 잡아가서 브라운 할아버지네 집 앞 돌계단에 올려놓고는 말했어요.

"친절한 브라운 할아버지, 저희가 도토리를 더 따갈 수 있도록 부디 너그러이 허락해주세요."

　하지만 버릇없는 아기 다람쥐 넛킨은 또 깡충깡충 춤을 추며
노래를 하는 게 아니겠어요?
　쐐기풀로 브라운 할아버지에게 간지럼까지 태우면서 말이
에요!

할아버지, 할아버지, 알아맞혀보세요!
이쪽도 뾰족뾰족, 저쪽도 뾰족뾰족,
만지기만 해도 손끝이 따끔따끔, 나는 누구일까요?

　브라운 할아버지가 갑자기 벌떡 일어났어요.
　그러고는 두더지를 들고 집 안으로 들어가버렸답니다.

저런, 할아버지가 문을 쾅 하고 닫아버려서 넛킨이 코를 찧을 뻔했지 뭐예요?

잠시 후 떡갈나무 집 꼭대기에 있는 굴뚝에서 거무스름한 연기가 모락모락 피어났어요.

넛킨은 열쇠 구멍 틈으로 집 안을 들여다보며 노래를 불렀죠.

집 안 가득, 구멍 가득 채울 수는 있지만,
먹어도 먹어도 배부르지 않는 것은 무엇일까요?

　다람쥐들은 섬 구석구석을 다니며 도토리를 주워 주머니 속
에 담았어요.
　하지만 넛킨은 노랗고 빨간 떡갈나무 열매들을 주워 나무 그
루터기에 앉아서 구슬치기를 하고 놀았지요. 그러고는 브라운
할아버지네 집 대문을 뚫어져라 쳐다봤답니다.

셋째 날이 밝자 다람쥐들은 아침 일찍 일어나 물고기를 잡으러 갔어요. 다람쥐들은 브라운 할아버지께 갖다 드릴 송사리 일곱 마리를 잡았답니다.

그러고는 뗏목을 타고 호수를 건너가 섬 근처에 있는 구부러진 밤나무 밑에서 내렸어요.

트윙클베리와 여섯 명의 아기 다람쥐들은 송사리를 한 마리씩 손에 들고 걸어갔어요.

　그러나 예의를 모르는 말괄량이 넛킨은 빈손으로 맨 앞에 뛰어가며 노래를 불렀답니다.

　　　사막에서 만난 사나이가 물었어요.
　　　'바다에서는 딸기가 얼마나 자라지요?'
　　　나는 이렇게 멋지게 대답했어요.
　　　'숲속에서 붉은 청어가 자라는 만큼이지요.'

　그러나 브라운 할아버지는 수수께끼엔 눈곱만큼도 관심이 없었어요.

이미 넛킨이 답을 다 말해주었는데도 말이지요.

넷째 날이 되었어요. 다람쥐들은 브라운 할아버지를 위해 오동통한 딱정벌레 여섯 마리를 준비했답니다. 브라운 할아버지에게는 쫄깃쫄깃한 딱정벌레야말로 과일 케이크에 들어 있는 건포도만큼이나 맛있는 음식이었으니까요.

다람쥐들은 딱정벌레를 하나하나 나뭇잎으로 정성껏 싸고 뾰족한 솔잎으로 찔러 묶었답니다.

그러나 넛킨은 여전히 무례하게 노래를 불러댔어요.

할아버지, 할아버지, 알아맞혀보세요!

밀가루 왕국의 왕자님과, 과일 왕국의 공주님이

소나기가 주룩주룩 내리던 날 결혼식을 올렸대요.

예쁘게 리본 달고 상자 속에 들어 있는

나는 나는 누구일까요? 맞추시면 제가 반지를 드리지요!

사실 넛킨에게는 브라운 할아버지께 드릴 반지가 없었어요.

어리석은 넛킨이 거짓말을 하고 만 거지요.

다른 다람쥐들은 덤불을 부지런히 오르내리며 도토리를 따

느라 정신이 없었어요.

하지만 넛킨은 찔레 덤불 속에서 울새의 바늘꽂이*를 주워다가 뾰족한 솔잎을 가득 꽂아놓았답니다.

　다섯째 날, 다람쥐들은 선물로 벌꿀을 가져왔어요. 벌꿀이 어찌나 달콤하고 끈적거렸는지 다람쥐들은 돌계단 위에 벌꿀을

내려놓고는 손가락에 묻은 꿀을 핥아 먹었답니다. 그 벌꿀은 산꼭대기 제일 위에 있는 호박벌의 집에서 훔쳐온 것이었어요.

　넛킨은 또다시 계단을 오르락내리락하며 노래를 부르기 시작했어요.

---

* robin's pincushion : 동그란 혹 모양의 식물을 일컫는다.

윙, 윙, 위잉, 알아맞혀보세요!
깊고 깊은 산속에 우리만큼
어여쁜 곤충은 어디에도 없답니다.
등에도, 배에도, 샛노란 줄무늬를 뽐낼 수 있으니
이 깊고 깊은 산속에 우리만큼 어여쁜 곤충은
어디에도 없지요!

브라운 할아버지는 넛킨의 무례함을 참을 수 없다는 듯이 눈을 부라렸어요. 그러고는 벌꿀을 먹어 치워버렸답니다.

다람쥐들은 도토리를 주워 주머니에 담았어요.

하지만 넛킨은 커다랗고 평평한 바위 위에 앉아서 사과와 솔방울로 볼링을 치며 놀았답니다.

드디어 여섯째 날이 되었어요. 그날은 토요일이었지요.

다람쥐들은 마지막으로 한 번 더 도토리를 따가기 위해 올빼미 할아버지가 사는 섬으로 갔어요.

이번에는 갓 낳은 달걀을 작별 선물로 준비해서 작은 밀짚 바구니에 놓고 조심조심 브라운 할아버지 댁까지 걸음을 옮겼답니다.

그런데 넛킨은 아니나 다를까 앞장서 가면서 깔깔대며 소리를 고래고래 지르는 게 아니겠어요?

땅딸보가 강물에 풍덩 빠졌대요!
하얀 망토를 목에 두르고 풍덩 빠졌대요!
많고 많은 의사와 천하장사도
땅딸보를 구할 수가 없었대요!

브라운 할아버지는 달걀을 좋아하는 것 같았어요.
하지만 잠시 한쪽 눈을 떠서 힐끔 쳐다보고는 다시 눈을 감
았답니다.

그러고는 여전히 아무런 말도 하지 않았어요.
넛킨은 더욱더 버릇없게 촐랑댔지요.

할아버지! 할아버지! 알아맞혀보세요!
살금살금 슬금슬금 문틈 새로 도둑처럼 들어오지만
용감한 장군도, 재빠른 말들도 나를 막아낼 수 없지요!
살금살금 슬금슬금 나는 누구일까요?

넛킨은 마치 햇살이 일렁이듯 덩실덩실 춤을 췄어요. 하지만
브라운 할아버지는 여전히 아무 말도 하지 않았답니다.

그러자 넛킨은 또다시 노래를 부르기 시작했어요.

바람 장군이 몰려와요!
호되게 꾸짖으며 불어와요!
아무리 힘이 센 군대도 바람 장군을 막을 수는 없지요.

넛킨은 휘잉 하고 바람 같은 소리를 냈답니다. 그러고는 글쎄
브라운 할아버지 머리를 향해 힘껏 뛰어오르는 게 아니겠어요?
순간 브라운 할아버지는 너무 놀라서 날개를 푸드덕거리며
허둥대다가 "꽥!" 하고 소리를 질렀어요.

다른 다람쥐들은 모두 덤불 속으로 허겁지겁 달아났답니다.

잠시 후 다람쥐들은 살금살금 돌아와 나무 뒤에서 고개를 빼꼼히 내밀었어요.

　그런데 브라운 할아버지는 아무 일도 없었다는 듯이 눈을 지그시 감고 꿈쩍도 하지 않은 채 문 앞 돌계단에 앉아 있는 것이 아니겠어요?

　그런데 바로 그때, 할아버지가 입고 있는 조끼 주머니 안으로 아기 다람쥐 넛킨이 보였답니다.

　하지만 이야기는 여기에서 끝이 아니랍니다. 넛킨은 이제 다시 돌아올 수 없는 걸까요?

　브라운 할아버지는 넛킨을 손에 쥐고 집 안으로 들어갔어요. 그러고는 넛킨의 털을 박박 밀어버릴 생각으로 넛킨의 꼬리를 대롱대롱 매달았답니다. 하지만 넛킨이 마구 발버둥을 치는 바람에 그만 꼬리가 뚝 끊어져버리고 말았지 뭐예요!

　가까스로 풀려난 넛킨은 층계참으로 줄행랑을 쳐서는 다락방 창문으로 겨우겨우 빠져나왔답니다.

그 후로 지금까지 넛킨은 수수께끼 이야기만 들어도 나뭇가지를 마구 던지고 으르렁대면서 불같이 화를 낸답니다.

"찍찍찍, 찌익찍!"

글로스터의 재봉사

옛날 사람들이 어떤 옷을 입었는지 아세요? 허리에는 칼을 차고, 머리에는 가발을 쓰고, 발목까지 내려오는 꽃무늬 주름치마를 입기도 했답니다. 그리고 남자들은 주름 장식과 금색 수가 놓인 빳빳한 비단 조끼를 입곤 했지요.

그때 영국의 글로스터라는 마을에 한 재봉사 할아버지가 살고 있었답니다. 재봉사 할아버지는 이른 아침부터 캄캄한 밤이 될 때까지 웨스트게이트가의 작고 초라한 양복점 창가에 책상다리를 하고 앉아 줄곧 일만 했습니다.

창 틈새로 희미하게 스며드는 불빛 아래 온종일 새틴과 퐁파두르, 러스터링 같은 천과 씨름하며 바느질과 가위질, 땜질을 했지요. 그 시절에는 옷감의 이름도 괴상했을 뿐만 아니라 값

도 엄청나게 비쌌답니다.

　재봉사 할아버지는 깡마른 작은 노인이었는데, 안경을 쓴 얼굴은 홀쭉했고, 손가락은 울퉁불퉁했으며, 옷차림은 늘 너덜너덜했어요. 마을 사람들에게는 최고급의 비단옷을 만들어주면서도 정작 자기 자신은 찢어지게 가난했던 것이었죠. 할아버지는 외투를 만들 때 옷감을 낭비하지 않기 위해서 옷감 가장자리에 자수를 두르고 그 선을 따라 자르곤 했어요. 그래서 탁자 위에 버려지는 천 조각들이 거의 없을 정도였답니다.

"이 천 쪼가리들은 너무 작아서 아무 짝에도 쓸모가 없군. 생쥐들이 입을 조끼라면 또 모를까."

크리스마스가 코앞으로 다가온 몹시도 추운 겨울날이었어요. 재봉사 할아버지는 새 외투를 만들기 시작했답니다. 줄무늬가 있는 비단 천에 팬지와 장미가 수놓아진 체리빛깔 외투였어요. 그리고 하늘하늘한 비단과 번지르르한 녹색 털실로 장식된 크림색 비단 조끼도 만들기 시작했지요. 이 고급 외투와 조끼는 글로스터 시장님에게 선물하기 위한 것이었답니다.

재봉사 할아버지는 중얼중얼 혼잣말을 하며 쉬지 않고 일했습니다. 비단천의 치수를 재고, 싹둑싹둑 가위질을 하여 외투 모양을 만들었어요. 탁자 위에는 잘라낸 체리빛 천 조각들이 흩어졌답니다.

"옷감을 조금도 낭비해서는 안 돼. 비단이 얼마나 비싼데. 남은 천 쪼가리로는 생쥐 녀석들 목도리나 머리띠라도 만들어줘야지. 귀여운 생쥐 녀석들!"

하늘에서 눈송이가 하나둘씩 내려와 양복점의 녹슨 유리창에 쌓이기 시작하자, 밖에서 스며들어오던 희미한 불빛마저도 사라지고 말았어요. 할아버지는 더 이상 일을 할 수가 없었지요. 가위로 오려 낸 천 조각들은 여전히 탁자 위에 놓여 있었답니다.

탁자 위에는 외투를 만드는 데 쓸 비단 천 열두 조각과 조끼에 쓸 비단 천 네 조각, 호주머니 덮개와 소맷부리 그리고 단추가 가지런히 정돈되어 있었어요.

그리고 외투의 가장자리 장식으로 쓸 금빛 비단과 조끼의 단춧구멍에 쓸 체리빛 비단실도 놓여 있었답니다. 모든 준비가 다 끝났어요. 이제 내일 아침에 와서 바느질만 하면 세상에서 가장 멋진 외투와 조끼가 완성될 거예요. 앗, 한 가지가 빠졌군요. 체리빛 비단실 한 타래가 더 필요해요!

캄캄한 밤이 되자 재봉사 할아버지는 양복점에서 나와 모든 창문과 문을 꼭꼭 걸어 잠근 뒤 열쇠를 가지고 집으로 향했답니다. 밤에는 그 누구도

양복점에 들어갈 수 없었지요. 물론 자그마한 갈색 생쥐들은 열쇠도 없이 들락날락했지만요!

글로스터의 집들은 아주 오래되고 낡았어요. 그래서 집집마다 나무로 된 벽 뒷면에는 생쥐들이 오르내리는 비밀 계단과 쥐구멍들이 있었지요. 생쥐들은 그 좁다랗고 기다란 통로를 따라 이 집 저 집은 물론, 마을 전체를 돌아다녀도 절대 사람들 눈에 띄지 않았답니다.

그런 비밀을 알 턱이 없는 재봉사 할아버지는 양복점에서 나와 하얀 눈으로 뒤덮인 길을 터벅터벅 걸어갔어요. 할아버지는 풀잎 학교 옆으로 뻗은 정원 가까이에 살았는데, 너무나도 가난한 나머지 집이 부엌 한 칸뿐이었답니다.

할아버지는 심킨이라는 고양이와 함께 살았어요. 할아버지가 일을 하러 나가면 심킨은 하루 종일 혼자서 집을 지켰지요. 그리고 심킨은 생쥐를 아주 좋아했어요. 할아버지처럼 생쥐들에게 비단옷을 지어주지는 않았지만요!

"야옹! 야옹!"

재봉사 할아버지가 문을 열고 집에 들어서자 고양이가 반갑게 인사했어요. 할아버지가 심킨에게 말했어요.

"심킨, 지금은 우리가 이렇게 가난하지만 이번이야말로 부자가 될 수 있는 좋은 기회다. 자, 여기 마지막 남은 동전 네 닢이 있단다. 이 동전과 저 항아리를 가지고 가서 동전 한 닢으로는 빵을 사고, 다른 한 닢으로는 우유를, 또 한 닢으로는 소시지를 사오렴. 아, 그리고 심킨, 마지막 한 닢으로는 체리빛 비단실을 사오렴. 절대로 마지막 한 닢을 잃어버려서는 안 된다. 알겠니, 심킨? 그 비단실이 없으면 외투를 완성할 수가 없어."

"야옹!"

심킨은 알겠다는 듯이 대답하고는 동전과 항아리를 가지고 밖으로 나갔습니다.

재봉사 할아버지는 너무 고단한 나머지 몸이 아프기 시작했어요. 할아버지는 벽난로 앞에 앉아 혼자 중얼거리며 세상에서 가장 멋진 외투를 상상했답니다.

"이번엔 반드시 부자가 될 수 있을 거야. 시장님께서 크리스마스 아침에 열리는 결혼식에서 입을 옷을 주문하시다니. 그 누구도 본 적 없는 아름다운 모양의 외투와 금실로 수놓은 조끼! 정말 아름다울 거야. 가만 보자, 금실은 넉넉히 있고…… 천 조각은 더 이상 남은 게 없어. 생쥐들에게 만들어줄 조끼라면 모를까……."

바로 그때, 할아버지는 화들짝 놀랐어요. 갑자기 부엌 저편에 있는 찬장에서 이상한 소리가 들리는 게 아니겠어요?

"달그락, 달그락, 덜그럭, 덜그럭."

할아버지가 자리에서 벌떡 일어나며 말했어요.

"아니, 이게 대체 무슨 소리람?"

찬장 위에는 그릇과 항아리와 접시 그리고 찻잔과 물컵들이 가득했답니다.

재봉사 할아버지는 조심조심 찬장 쪽으로 걸어가 소리가 어디에서 나는지 가만히 들어봤어요.

또다시 이상한 소리가 들려왔어요. 바로 찻잔 아래에서 나는 소리였지요.

"달그락, 달그락, 덜그럭, 덜그럭."

"거 참 이상한 일이로군."

글로스터의 재봉사 할아버지가 거꾸로 놓여 있는 찻잔을 열어봤어요.

그랬더니 갑자기 어떤 생쥐 아가씨가 툭 튀어나오는 것이 아니겠어요? 그 생쥐 아가씨는 재봉사 할아버지께 고개 숙여 정중히 인사를 하고는 찬장에서 깡충 뛰어내려와 벽 뒤로 쪼르르 사라졌답니다.

재봉사 할아버지는 다시 난롯가에 앉아 꽁꽁 언 손을 녹이며 중얼거렸습니다.

"복숭아색 조끼에 비단실로 수놓은 장미꽃 봉우리는 정말 멋지지. 체리빛 단춧구멍도 스물한 개나 있고 말이야! 그나저나 심킨에게 동전 네 닢을 다 줘버리길 잘한 건지 모르겠군!"

바로 그때, 찬장에서 또다시 이상한 소리가 들려왔어요.

"달그락, 달그락, 덜그럭, 덜그럭."

"뭐 이런 일이 다 있담!"

글로스터의 재봉사 할아버지는 다른 찻잔 하나를 뒤집어보았습니다.

글쎄 이번에는 어떤 생쥐 신사가 톡 튀어나와서는 재봉사 할아버지에게 인사를 하지 뭐예요!

그러더니 갑자기 찬장 여기저기서 합창이라도 하듯 한꺼번에 소리가 나기 시작했어요.

"딸그락! 딸그락! 떨그럭! 떨그럭!"

그러고는 찻잔 밑에서, 그릇 아래서, 뚝배기 밑에서 자그마한 생쥐들이 톡톡 튀어나와서는 찬장에서 깡충 뛰어 벽 뒤로 쪼르르 달아나버렸답니다.

재봉사 할아버지는 다시 난롯불 앞에 바짝 붙어 앉아 슬픈 목소리로 말했습니다.

"토요일 낮 열두 시까지 완성해야 할 체리빛 단춧구멍이 스물한 개나 되다니! 오늘이 벌써 화요일 저녁인데……. 가만 있자……, 이 생쥐들을 놓아주지 말았어야 했나? 분명히 심킨이 잡아놓은 것일 텐데……. 아아! 어쩌지? 비단실이 없으면 외투를 완성할 수가 없는데!"

꼬마 생쥐들은 다시 올라와서 재봉사 할아버지가 하는 말을 들었습니다. 아름다운 외투에 새겨질 무늬에 대해서도 다 들은 것이지요! 생쥐들은 외투의 금빛 장식과 생쥐를 위해 남겨둔 천 조각에 대해 속닥속닥 귓속말을 했습니다.

그때, 갑자기 생쥐들이 벽 뒤의 통로로 우르르 달려가며 찍 찍 소리를 질렀습니다. 심킨이 우유가 든 항아리를 들고 돌아왔기 때문이었어요. 이제 재봉사 할아버지네 집에 남아 있는 생쥐는 한 마리도 없었지요.

심킨은 문을 열고 들어오며 화가 난 듯 "야옹!" 하고 그르렁 댔습니다. 심킨은 눈 오는 날을 싫어했기 때문이었지요. 귀와 목 뒤로 들어간 눈 때문에 화가 난 모양이었어요. 심킨은 빵과 소시지를 찬장 위에 올려놓고는 킁킁거리며 냄새를 맡았습니다.

재봉사 할아버지가 심킨에게 물었어요.

"심킨, 비단실은 어디 있니?"

하지만 심킨은 찬장 위에 우유 항아리를 올려놓고는 의심스러운 눈초리로 찻잔들을 바라봤어요. 저녁에 먹으려고 잡아놓았던 통통한 생쥐들이 다 어디로 도망갔을까요?

재봉사 할아버지가 또다시 물었어요.

"심킨, 비단실은 어디에 있냐고?"

하지만 심킨은 자그마한 꾸러미를 찻주전자 속에 슬쩍 숨겼어요. 그러고는 재봉사 할아버지를 보며 그르렁댔지요. 만약 심킨이 말을 할 줄 알았다면 이렇게 말했을지도 몰라요.

"대체 내 생쥐는 어디로 간 거죠?"

할아버지는 슬픈 목소리로 말했어요.

"아아, 이런! 나는 이제 완전히 빈털터리야!"

그러고는 슬픔에 잠겨 잠이 들었답니다.

심킨은 그날 밤이 새도록 주방을 샅샅이 뒤졌습니다. 찬장과 벽면 뒤, 비단실을 숨겨둔 찻주전자 속도 들여다보았지요. 그러나 생쥐는 한 마리도 보이지 않았어요. 할아버지가 중얼중얼

잠꼬대를 하는 동안에도 심킨은 화가 나서 그르렁댔습니다.

"야옹! 그르렁……."

불쌍한 재봉사 할아버지는 아파서 열이 펄펄 났어요. 그런데도 할아버지는 계속 잠꼬대를 해대는 게 아니겠어요? "비단실이 부족해! 비단실이 부족해!" 하고 말이에요. 그날도, 그다음 날도, 또 그다음 날도 할아버지는 계속 아팠습니다. 체리빛 외투를 만들어야 하는데 큰일이군요!

웨스트게이트가의 양복점에는 수놓인 비단옷이 탁자 위에

그대로 놓여 있었습니다. 스물한 개의 단춧구멍을 꿰매야 하는데, 창문도, 문도 단단히 잠겨 있어서 아무도 들어갈 수가 없지 뭐예요?

그러나 갈색 꼬마 생쥐들은 할 수 있지요! 생쥐들은 열쇠 없이도 어디든 들어갈 수 있으니까요!

문밖에는 거위와 칠면조를 사러 나온 사람들과 크리스마스 케이크를 구우러 나온 사람들이 눈밭을 저벅저벅 걸어갔습니

다. 하지만 심킨과 불쌍한 재봉사 할아버지에게는 먹을 것이
아무것도 없었답니다.

재봉사 할아버지는 3일 내내 아팠고, 어느새 크리스마스이브
저녁이 되었어요. 아주 늦은 밤이 되자 달은 지붕 위로 높이 떠
서 마을을 훤히 밝혀주었지요. 집집마다 불은 다 꺼진 후였고,
눈이 소복이 쌓인 마을은 쥐 죽은 듯이 고요했답니다.

아직도 생쥐를 찾지 못한 심킨은 갑자기 벌떡 일어났어요.

옛날 이야기에 따르면, 크리스마스 새벽에는 동물들이 말을 할 수 있게 된다고 해요. 물론 동물들의 말을 알아들을 수 있는 사람은 없었지만 말이에요.

열두 시를 알리는 교회 종소리가 울리자 마치 대답이라도 하듯 메아리 소리가 멀리서 들려왔어요. 그 소리를 들은 심킨은 재봉사 할아버지의 집에서 몰래 빠져나와 눈길 위를 어슬렁거렸습니다.

글로스터 마을의 집집마다 동물들이 즐겁게 크리스마스 동요를 불러댔지요. 제일 먼저 수탉이 목청껏 소리를 질러댔어요.

"꼬꼬댁들, 어서 일어나서 파이를 좀 구워요!"

심킨이 한숨을 쉬며 말했어요.

"아! 여기서도 하하하, 저기서도 하하하!"

이윽고 저 멀리 다락방에도 불이 켜지고 춤추는 소리가 들려
왔답니다. 그리고 다른 고양이들이 반대쪽에서 우르르 뛰어나
왔어요. 또다시 심킨이 말했어요.

"아! 여기서도 쿵작쿵작, 저기서도 쿵작쿵작! 글로스터의 고
양이들은 나만 빼고 다 모였네."

지붕 위에서 참새들이 노래를 불러대자, 까마귀가 교회 종탑에서 눈을 비비며 잠에서 깨어났어요. 여기저기서 새들이 쨱쨱 지저귀는 소리도 들려왔답니다.

그러나 배고픈 심킨은 더욱더 슬퍼질 뿐이었어요!

그때 어디선가 아주 작지만 날카로운 소리가 들려 심킨은 귀를 쫑긋 세웠어요. 아마도 박쥐들이 내는 소리 같았답니다. 박쥐들은 항상 속닥거리면서 말하니까요. 마치 글로스터의 재봉사 할아버지가 잠꼬대를 할 때처럼 말이에요. 소리가 너무 작아서 잘 들리지는 않았지만, 마치 이렇게 말하는 것 같았어요.

파리는 앵앵, 꿀벌은 윙윙,
그럼 나도 흉내를 한번 내볼까?
애앵 앵, 위잉 윙!

마치 벌이 귓가에서 윙윙거리는 것 같아 심킨은 몸을 부르르 떨었답니다.

그때 웨스트게이트가의 양복점에서 불빛이 새어 나오는 것이 보였어요. 심킨이 살금살금 다가가 창문 사이로 몰래 들여다보니 글쎄 방 안 가득 촛불이 켜져 있는 것이 아니겠어요?

싹둑싹둑 가위질 소리와 쓱싹쓱싹 바느질 소리가 방 안을 가득 채웠어요.

그리고 꼬마 생쥐들은 입을 모아 노래를 불렀답니다.

재봉사 스물네 명이 달팽이를 잡으러 갔다네,
그 누구도 달팽이 꽁무니조차 잡지 못했네,
뿔을 바짝 세우고 쫓아오니 코뿔손가 달팽인가,
더 빨리 달리지 않으면 달팽이에게 잡혀 먹겠네!

생쥐들은 쉴 새 없이 노래를 불러댔어요.

여주인 몰래 귀리를 체로 쳐서
여주인 몰래 밀가루를 빻아서
밤송이 안에 꾹꾹 채워 넣고
오븐에 한 시간만 기다리면……

심킨이 문을 박박 긁으며 시끄럽게 "야옹! 야옹!" 소리를 질렀습니다. 그러나 열쇠는 재봉사 할아버지의 베개 밑에 있었기에 심킨은 들어갈 수가 없었지요. 꼬마 생쥐들은 심킨을 보고 깔깔거렸어요. 그리고 다른 노래를 부르기 시작했답니다.

생쥐 세 마리가 물레로 실을 뽑고 있었네,
지나가던 고양이가 힐끔힐끔,
생쥐들아 무엇을 하고 있니?
아주 멋진 외투를 만들고 있단다.
오, 그것 참 재미있겠네. 내가 들어가서 실을 잘라줄까?
오, 안 돼 야옹아, 우리 머리를 깨물려는 것을 모를 줄 알고?

"야옹! 야옹!" 심킨이 소리를 지르자 꼬마 생쥐들이 대답했어요.

용용 죽겠지! 용용 죽겠지!
영국 사람들은 빨간 옷을 입는다네.
옷깃은 비단으로, 소매는 금실로,
반짝반짝 새 옷 입고 씩씩하게 걸어가네!

생쥐들은 발을 콩콩 굴러가며 박자를 맞췄지만 심킨은 하나

도 즐겁지 않았어요. 그저 문 앞에 코를 박고 킁킁거리며 낑낑
댈 뿐이었답니다.

시장에 가서 과일과 과자를 샀다네.
탁자와 의자도 샀다네.
이 모든 걸 동전 세 닢에 샀다네.

그때 갑자기 한 생쥐가 외쳤어요.
"그리고 찬장 위엔 뭐가 있냐면!"
그 말을 들은 심킨이 창문을 벅벅 긁어대며 외쳤어요.

"야옹! 야옹!"

그러자 방 안에 있는 생쥐들이 펄쩍펄쩍 뛰며 찍찍대는 것이 아니겠어요?

"비단실이 없네! 비단실이 없어!"

그리고서 생쥐들은 창문으로 가서 덧문까지 완전히 잠가버렸답니다. 이제 심킨은 방 안을 들여다볼 수도 없었어요.

하지만 콩콩 발을 구르며 불러대는 생쥐들의 노랫소리는 창문 틈으로 계속 들려왔어요.

"비단실이 없네! 비단실이 없어!"

심킨은 갑자기 무슨 생각이라도 난 듯 양복점 앞에서 발을 돌려 집으로 돌아갔어요. 불쌍한 재봉사 할아버지는 깊은 잠에 빠져 있었답니다.

심킨은 살금살금 걸어가 찻주전자 속에서 비단실 한 타래를 꺼냈어요. 비단실이 달빛을 받아 반짝였지요. 심킨은 착한 꼬마 생쥐들을 생각하며 자신의 못된 행동을 반성했답니다.

드디어 크리스마스 아침이 되었어요. 재봉사 할아버지가 잠에서 깨어 이불 위로 가장 먼저 발견한 것이 뭐였는지 아세요? 바로 체리빛 비단실 한 타래였어요! 그리고 침대 옆에는 자신의 잘못을 뉘우친 심킨이 서 있었답니다.

"아, 이제 난 완전 빈털터리인데 비단실이 있어서 뭐 하겠니!"

글로스터의 재봉사 할아버지는 자리에서 일어나 옷을 갈아입고 거리로 나왔어요. 심킨도 할아버지를 쫓아 뛰어갔답니다. 소복이 쌓인 눈 위로 따사로운 햇살이 비추고 있었어요.

찌르레기가 굴뚝 위에서 삐이 삐이 울어대고 참새들이 아름다운 노래를 불러댔어요. 그러나 새벽에 들었던 노랫말들은 사라지고 짹짹거리는 소리만 들릴 뿐이었답니다.

재봉사 할아버지가 말했어요.

"아아, 비단실은 있다만 더 이상 힘도 없고 시간도 없구나. 단춧구멍도 겨우 하나밖에 만들지 못할 거야. 벌써 크리스마스 아침이라니! 시장님의 결혼식은 낮 열두 시에 시작인데 체리빛 외투는 그때까지 완성할 수 없을 테니 큰일이군!"

재봉사 할아버지가 웨스트게이트가의 초라한 양복집의 문을 열자 심킨이 부리나케 달려들어갔어요. 마치 먹이를 쫓는 고양이처럼 말이에요. 하지만 양복점 안에는 아무도 없었어요! 갈색 생쥐 꼬리조차도 눈에 띄지 않았답니다! 그리고 바닥은 실오라기나 천 조각 하나 없이 깨끗했어요.

"아니, 이럴 수가!"

탁자 위를 본 재봉사 할아버지는 기쁨의 탄성을 질렀어요. 글쎄 탁자 위에는 세상에서 가장 아름다운 외투와 비단 조끼가 놓여 있는 것이 아니겠어요? 할아버지가 양복점을 나섰을 때는 분명히 별 볼 일 없는 천 조각이었는데 말이에요!

외투는 장미와 팬지로 화려하게 장식되어 있었고, 비단 조끼에는 양귀비와 국화가 수놓여 있었어요.

딱 한 군데만 빼고 모든 것이 완벽했답니다. 그 한 군데는 바

로 체리빛 단춧구멍 하나였어요. 그리고 그 단춧구멍 위에는
누군가가 작디작은 글씨로 적어 놓은 쪽지가 놓여 있었어요.

비단실이 없어요

그 이후로 글로스터의 재봉사 할아버지는 굉장히 유명해지
기 시작했답니다. 몸도 건강해지고, 아주 부자가 되었지요. 글
로스터의 재봉사 할아버지가 만든 조끼는 세상에서 가장 아름

다운 조끼였어요. 그 소문을 들은 글로스터의 부자들과 이웃 마을의 신사들은 모두 할아버지를 찾아왔답니다. 이전까지는 그 누구도 그렇게 아름답게 수놓인 레이스와 소매 장식을 본 적이 없었지요! 하지만 단춧구멍이야말로 그중에서 가장 아름 다웠답니다!

특히 단춧구멍을 꿰맨 바느질 솜씨가 어찌나 흠이 없고 깔끔 한지, 안경 낀 재봉사 할아버지가 울퉁불퉁한 손으로 그 단춧 구멍들을 꿰맸다는 것을 믿을 수가 없을 정도였어요! 게다가 그 바느질 자국이 너무나도 작고 섬세해서 마치 자그마한 꼬마 생쥐들이 꿰맨 것 같았답니다!

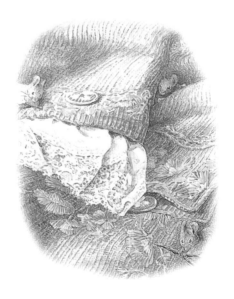

벤저민 버니 이야기

어느 날 아침, 한 아기 토끼가 강기슭에 앉아 있었어요. 다그 닥다그닥 조랑말이 지나가는 소리에 아기 토끼는 귀를 쫑긋 세웠답니다. 길 위로 마차가 지나가고 있는 것이 보였어요. 마차에는 맥그레거 아저씨와 그의 부인이 타고 있었고, 맥그레거 부인은 가장 예쁜 모자를 쓰고 있었답니다.

　마차가 지나가자 벤저민 버니는 언덕을 미끄러지듯 뛰어내
려갔어요. 그러고는 맥그레거 아저씨네 정원 뒤의 숲속에 살고
있는 사촌들을 부르러 달려갔지요. 벤저민은 깡충깡충 폴짝폴
짝 뛰고 또 뛰었답니다.

숲속은 토끼 굴로 가득했어요. 그중에서 가장 예쁘고 보드라운 모래 언덕 밑에 바로 벤저민의 이모와 사촌들이 살고 있었지요. 그 사촌들의 이름은 플롭시, 몹시, 코튼테일, 피터였답니다. 그 아기 토끼들에게는 아빠가 없었어요.

그래서 엄마 토끼는 토끼털로 만든 장갑이나 목도리를 팔아서 돈을 벌어오곤 했지요. 저도 시장에서 엄마 토끼에게 장갑한 짝을 사본 적이 있답니다. 그리고 엄마 토끼는 허브와 로즈메리 차, 토끼 담배를 팔기도 했어요. 우리는 토끼 담배를 라벤더라고 부른답니다.

이모를 만나고 싶지 않았던 아기 토끼 벤저민은 전나무 뒤에 숨어서 어슬렁거렸어요. 그러다 그만 사촌 피터의 머리를 밟을 뻔했지 뭐예요!

피터는 나무 구석에서 혼자 웅크리고 앉아 있었어요. 빨간 손수건으로 몸을 감싼 피터는 왠지 기운이 없는 모습이었어요.

"피터, 옷은 어디서 잃어버렸니?"

벤저민이 속삭였어요.

"맥그레거 아저씨네 정원의 허수아비가 입고 있어."

피터는 아저씨네 정원에서 이리저리 도망치다가 신발과 윗도리를 잃어버린 이야기를 해주었어요. 아기 토끼 벤저민은 피터 옆에 앉아서 피터를 토닥여주었어요.

벤저민은 맥그레거 아저씨와 아줌마가 마차를 타고 나갔는데, 맥그레거 부인이 아주 예쁜 모자를 쓴 것으로 보아 분명히 멀리 갔을 거라고 말했어요. 피터는 비나 쏟아졌으면 좋겠다고 말했죠. 그때 토끼 굴속에서 엄마 토끼의 목소리가 들려왔어요.

"코튼테일! 코튼테일! 캐모마일을 좀 더 따오렴!"

피터는 잠시 산책을 하고 싶다고 말했어요. 피터와 벤저민은 손을 꼭 잡고 숲의 입구에 있는 높다란 돌담 위로 올라가 맥그레거 아저씨네 정원을 내려다보았어요. 허수아비에는 피터의 윗도리와 신발 그리고 맥그레거 아저씨의 커다란 모자도 걸려 있었답니다.

아기 토끼 벤저민이 말했어요.

"울타리 문 아래로 기어들어가면 옷이 더러워지니까 배나무로 올라가서 넘어가는 게 좋겠어."

피터는 배나무에서 내려오다가 거꾸로 떨어지고 말았어요. 하지만 다행히도 부드럽게 손질된 화단 덕분에 다치지는 않았답니다.

밭에는 상추 싹이 빼꼼히 돋아나고 있었어요. 저런, 벤저민이 장화를 신고 이리저리 돌아다니는 바람에 화단 위에 작고 우스꽝스런 발자국이 마구 찍히고 말았네요. 아기 토끼 벤저민은 잃어버린 옷부터 찾아오자고 말했어요. 그렇게 해야 피터 몸에 두른 손수건을 쓸 수 있으니까요.

피터와 벤저민은 허수아비에 걸린 옷을 가져왔어요. 지난밤에 내린 비 때문에 신발에는 물이 고여 있었고, 외투는 좀 줄어든 것 같았어요.

벤저민은 맥그레거 아저씨의 모자를 써보았지만 아기 토끼
가 쓰기에 모자는 너무 컸답니다.

벤저민은 손수건에 양파를 담아서 이모에게 드려야겠다고
생각했어요. 하지만 피터는 하나도 즐겁지 않은 모양이었어요.
어디선가 자꾸 이상한 소리가 들리는 것 같았답니다.

그러나 벤저민은 마치 집에 있는 것처럼 신이 나서 상추를 와작와작 썹어 먹었어요. 벤저민은 일요일 저녁마다 아빠와 함께 상추를 먹으러 온다고 자랑했답니다. (아기 토끼 벤저민의 아빠 이름도 벤저민 버니였어요.)

맥그레거 아저씨네 상추는 정말 끝내주게 맛있었거든요.

 하지만 피터는 아무것도 먹지 않은 채 빨리 집에 가고 싶다
고 말할 뿐이었지요. 피터는 벌벌 떨면서 들고 있던 양파를 반
이나 떨어뜨렸답니다.

양파 꾸러미를 들
고 배나무에 올라갈
수는 없다고 생각한
아기 토끼 벤저민은
정원 반대쪽을 향해
용감하게 걸어갔어
요. 피터와 벤저민은
붉은 벽돌담 아래 나
무판자 길을 걸어갔답
니다.

생쥐들이 돌계단에
앉아 체리 씨앗을 갉아
먹으며 피터 래빗과 벤
저민 버니에게 윙크를
했어요. 그러자 피터는
또다시 양파를 떨어뜨
리고 말았답니다.

피터와 벤저민은 화분과 나무틀, 물통 사이를 지나갔어요. 피터의 귀에는 더욱더 이상한 소리가 들려왔고, 눈망울은 커다란 막대 사탕만큼이나 동그래졌지요.

피터는 한두 발자국 앞서 가다가 갑자기 멈춰 섰어요.

그때, 이 아기 토끼들이 모퉁이를 돌자마자 무엇을 보았는지 아세요? 아기 토끼 벤저민은 그것을 보자마자 양파를 가지고 피터와 함께 커다란 바구니 속에 재빨리 몸을 숨겼답니다.

고양이가 일어나 기지개를 켜더니 바구니로 다가와 킁킁 냄새를 맡는 게 아니겠어요?

아마도 고양이는 향긋한 양파 냄새가 좋았나 봐요! 고양이는 바구니 위에 올라가 앉더니 다섯 시간 동안이나 일어나지 않았답니다.

바구니 안이 너무 어두워서 그 안에 숨은 피터와 벤저민의 모습을 보여

드릴 수가 없네요. 그러나 양파 냄새가 너무 매운 나머지 아기 토끼 피터와 벤저민은 그만 눈물을 줄줄 흘리고 말았답니다.

늦은 오후가 되어 해가 나무 뒤로 숨어버릴 때까지도 고양이는 여전히 바구니 위에 앉아 있었어요. 한참 후, 돌담 위에서 후드득후드득 하는 소리와 함께 벽돌 부스러기가 아래로 떨어졌어요.

고양이가 돌담 위를 올려다보자 벤저민 버니 아저씨가 돌담 위를 의젓하게 걷고 있는게 아니겠어요? 입에는 토끼 담배를 물고, 손에는 가느다란 회초리를 들고 말이에요! 아저씨는 아들을 찾는 중이었답니다.

버니 아저씨는 고양이들을 싫어했어요. 아저씨는 갑자기 돌담 위에서 풀쩍 뛰어내려 고양이 머

리 위로 달려들었어요. 그러고는 고양이를 바구니 위에서 밀쳐
낸 후 온실 속으로 걷어차버렸답니다. 아저씨가 날카로운 손톱
으로 고양이를 할퀴는 바람에 고양이의 털이 한 움큼이나 뽑혀
버렸지만, 고양이는 너무 놀라 꼼짝할 수가 없었어요.

고양이를 온실 속으로 밀어 넣은 버니 아저씨는 온실 문을 철커덕 잠가버렸답니다. 그러고는 바구니 밑에 숨어 있는 아들 벤저민의 귀를 잡아 올려 회초리로 엉덩이를 찰싹찰싹 내려쳤어요.

그러고는 조카 피터를 꺼내준 뒤 양파 꾸러미를 들고 씩씩하게 정원을 빠져나왔답니다.

삼십 분쯤 뒤 맥그레거 아저씨가 돌아왔을 때, 아저씨는 몇 가지 이상한 점을 발견했어요. 마치 누군가가 장화를 신고 정원을 이리저리 돌아다닌 것 같았는데, 그 발자국은 사람 발자국이라고 할 수 없을 만큼 엄청나게 작았답니다! 게다가 아저씨는 고양이가 어떻게 스스로 온실 속에 갇혔는지도 이해할 수가 없었지요.

　피터가 집에 돌아오자, 엄마 토끼는 피터의 잘못을 다 용서
해주었답니다. 피터가 신발과 윗도리를 찾아온 것이 너무나 기
특했기 때문이었지요. 코튼테일과 피터는 함께 손수건을 접었
고, 엄마 토끼는 양파를 줄로 엮어 허브와 라벤더 묶음과 함께
부엌 천장에 매달아두었답니다.

말썽꾸러기 쥐 두 마리 이야기

옛날 옛적에 아주 아름다운 인형의 집이 있었어요. 새하얀 창문과 현관문, 굴뚝이 달린 빨간 벽돌집이었답니다. 창문에는 보드라운 레이스 커튼도 걸려 있었지요. 그 인형의 집에는 루신더와 제인이라는 인형이 살고 있었어요.

　그 집의 주인은 루신더였지만 루신더는 요리사에게 요리를
하라고 꾸짖지 않았어요. 그 요리사가 바로 제인이었답니다. 그
러나 제인은 요리를 한 번도 해본 적이 없었어요. 왜냐하면 루
신더와 제인은 늘 다 만들어진 음식을 사먹곤 했거든요.

음식 포장 상자 안에는
톱밥이 가득했답니
다. 상자 안에는 붉
은 바닷가재 두 마
리와 햄 한 덩어리,
생선 한 마리와 파이
한 접시 그리고 배와 오렌

지 몇 개가 들어 있었어요. 음식들은 접시에 찰싹 달라붙어 절대
떨어지지 않았지만, 정말이지 엄청 먹음직스러워 보였답니다.

어느 날 아침 루신더와 제인은 장난감 유모차를 타고 소풍을
갔어요. 아무도 없는 아기 방 안은 쥐
죽은 듯 조용했답니다. 그때, 벽
난로 근처의 한쪽 구석에서
누군가 쪼르르 달려와
바스락바스락 긁어
대는 소리가 들렸
어요. 바로 바닥 밑
의 자그마한 쥐구
멍에서 나는 소리
였지요.

  톰텀은 고개를 재빨리 한 번 내밀어 방 안을 살피고는 다시
쥐구멍 속으로 들어갔어요. 톰텀은 이 이야기 속에 등장하는
생쥐의 이름이랍니다. 잠시 후, 톰텀의 아내 헝카멍카도 쥐구멍
밖으로 고개를 삐죽 내밀었어요.

　방에 아무도 없는 것을 확인한 헝카멍카는 석탄 통 앞 양탄
자 위로 용감하게 달려갔어요. 인형의 집은 벽난로 맞은편에
있었고, 톰텀과 헝카멍카는 살금살금 조심스럽게 양탄자를 가
로질러 갔답니다. 그러고는 인형의 집 현관문을 낑낑대며 밀었
어요. 자그마한 생쥐들에게는 그 작은 문조차도 무거웠답니다.

톰텀과 헝카멍카는 곧장 위층으로 올라가 식당을 몰래 들여다보고 찍찍대며 기쁨의 환호성을 질렀어요! 식탁 위에 먹음직스러운 음식들이 가득 차려져 있는 게 아니겠어요? 뿐만 아니라 반짝반짝 윤이 나는 숟가락과 칼과 포크도 놓여 있었어요. 게다가 인형 의자도 두 개나 놓여 있었어요! 모든 것이 다 준비되어 있으니 이제 먹기만 하면 되겠군요!

톰텀은 곧장 달려가 햄을 자르기 시작했어요. 노릇노릇하게 잘 구워져 윤기가 좔좔 흐르고, 빨간 줄무늬가 있는 먹음직스러운 햄이었어요. 그러나 그때, 칼이 부러져서 톰텀은 손을 베고 말았어요. 톰텀은 다친 손가락을 입에 넣으며 말했습니다.

"햄이 왜 이렇게 딱딱하지? 아무래도 덜 익은 것 같아. 헝카 멍카, 당신이 한번 해보겠어?"

헝카멍카는 의자에 발을 딛고 일어나 다른 칼로 햄을 힘껏 썰었어요.

"정말 치즈 장수가 파는 햄만큼이나 단단하네요."

갑자기 햄이 접시에서 뚝 떨어져 나와 식탁 밑으로 굴러떨어졌어요.

그러자 톰텀이 말했어요.

"그건 그냥 두고 생선이나 먹읍시다, 여보."

헝카멍카는 생선을 접시에서 떼어내려 안간힘을 썼어요. 모든 숟가락을 다 써보았지만 생선은 접시에 달라붙어 꿈쩍도 하지 않았답니다.

그러자 잔뜩 약이 오른 톰텀은 햄을 바닥 한가운데 올려놓고
는 집게와 삽으로 힘껏 내리쳤답니다.

퉁, 탕, 쾅, 빠지직!

요란한 소리를 내며 햄은 산산조각이 나버렸어요. 겉은 번지
르르하게 칠해놓았지만 속은 그저 석고 덩어리였지 뭐예요!

톰텀과 헝카멍카가 얼마나 화가 났을지 상상이 가세요? 잔뜩 실망한 생쥐 부부는 파이와 바닷가재와 배와 오렌지까지 모두 깨뜨려버렸답니다. 그러나 물고기가 접시에서 떨어지지 않자 톰텀과 헝카멍카는 생선을 주방에 있는 벽난로에 집어넣었어요. 하지만 물론 그 벽난로도 은박지로 만든 가짜 벽난로였기 때문에 생선이 구워질 리가 없었지요.

톰텀은 주방 굴뚝으로 올라가 지붕 위를 살펴보았지만 지붕 위에는 연기나 그을음도 없었답니다.

톰텀이 굴뚝 위로 올라가 있는 동안 헝카멍카는 찬장에서 작은 양념 통들을 찾아냈어요.

양념 통에는 쌀, 커피, 설탕과 같이 이름표가 붙어 있었어요.

그런데 뚜껑을 열어 쏟아보니, 빨갛고 파란 구슬만 좌르르 쏟아지는 게 아니겠어요?

생쥐 부부는 집 안을 마구 어지르기 시작했어요. 특히 톰텀은 제인의 방으로 가서 옷장 서랍 문을 열고는 옷을 창문 밖으로 마구 내던져버렸답니다.

그러나 헝카멍카는 역시 알뜰한 주부였어요. 루신더의 베개에서 깃털을 마구 잡아 뜯던 헝카멍카는 문득 집에 깃털 침대가 필요하다는 사실을 기억했지요.

그래서 생쥐 부부는 깃털 베개를 아래층으로 가지고 내려가 낑낑대며 양탄자 위를 가로질러 갔어요. 커다란 깃털 베개를 쥐구멍 속으로 쑤셔 넣느라 애를 먹었지만, 둘이 힘을 합쳐 베개를 집어넣는 데는 가까스로 성공했답니다.

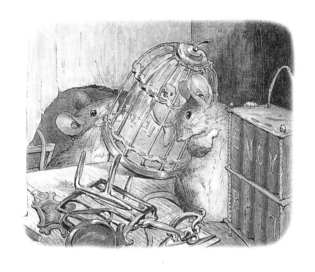

헝카멍카는 다시 인형의 집으로 돌아가 책장과 새장 그리고 의자와 온갖 잡동사니들을 가져왔어요. 하지만 책장과 새장은 너무 커서 쥐구멍 속으로 들어갈 수가 없었지요.

그래서 헝카멍카는 책장과 새장은 그대로 석탄 통 옆에 두고 이번엔 아기 침대를 가지러 달려갔어요.

그런데 마침내 요람을 쥐구멍 속에 집어넣고 헝카멍카가 다시 달려가 의자를 가지고 돌아가는 순간, 갑자기 문밖 계단에서 말소리가 들리는 게 아니겠어요? 생쥐 부부는 허겁지겁 쥐구멍 속으로 달아났어요. 그러자 문이 열리고 인형들이 방으로들어왔답니다.

제인과 루신더는 눈앞에 펼쳐진 광경을 보고 깜짝 놀랐어요!
루신더는 넘어진 가스레인지 위에 앉아서 엉망진창이 된 방 안
을 둘러봤어요. 그리고 제인은 찬장에 기대어 선 채 입가에는
계속 미소를 띠었답니다. 두 인형 모두 너무 놀란 나머지 아무
말도 할 수 없었어요.

책장과 새장은 석탄 통 옆에 있었어요. 하지만 아기 침대와 루신더의 옷 몇 벌은 이미 헝카멍카가 가져가버린 뒤였답니다.

그것 말고도 헝카멍카가 훔쳐온 물건들은 아주 많았지요. 그 중에는 쓸 만한 냄비와 프라이팬 몇 개도 있었답니다.

그 인형의 집을 가진 소녀
가 말했어요.

"경찰 인형을 사야겠어요!"

그러자 유모가 말했답니다.

"아무래도 쥐덫을 놓아야
겠구나!"

자, 여기까지가 말썽꾸러기 생쥐 두 마리 이야기랍니다. 하지
만 생쥐 부부가 나쁘기만 한 것은 아니었어요. 톰텀은 인형의
집을 망가뜨린 것에 대해 미안한 마음이 들었답니다.

어느 날 톰텀은 양탄자 밑에서 구부러진 은화 한 닢을 주웠
어요. 그리고 크리스마스이브가 되자 톰텀과 헝카멍카는 그 동
전을 루신더와 제인의 양말 속에 넣어주었어요.

그리고 헝카멍카는 매일 아무도 잠에서 깨지 않은 이른 아침
마다 빗자루와 쓰레받기를 들고 와서 인형의 집을 청소해주었
답니다.

티기 윙클 부인 이야기

옛날 옛적 리틀타운이라는 농장에 루시라는 소녀가 살고 있었어요. 루시는 아주 착한 아이였지만 항상 손수건을 잃어버리곤 했답니다. 하루는 루시가 울면서 앞마당으로 나왔어요. 저런! 정말 구슬프게 울고 있군요!

"흑흑, 또 손수건을 잃어버렸네. 이걸 어쩌지? 얼룩 고양아,

혹시 내 손수건 세 장과 앞치마 한 장을 못 봤니?"

얼룩 고양이는 소녀의 말을 들은 체 만 체 새하얀 발을 계속 핥아댔어요. 그래서 이번에 루시는 알록달록한 암탉에게 물었지요.

"꼬꼬댁 아주머니, 혹시 제 손수건 세 장 못 보셨어요?"

하지만 알록달록한 암탉은 헛간 안으로 들어가며 "내 신발 어디 갔어! 내 신발! 내 신발!" 하고 투덜거릴 뿐이었어요.

그래서 루시는 나뭇가지 위에 앉아 있는 울새 아저씨에게 물었어요. 하지만 울새 아저씨는 초롱초롱하고 까만 눈망울로 루시를 쳐다보더니 울타리를 훌쩍 넘어 훨훨 날아가버렸답니다! 결국 루시는 울타리에 나 있는 계단을 넘어가 마을 뒷산을 바라봤어요. 산봉우리가 구름에 가려져 마치 올라가고 또 올라가도 끝이 없을 것만 같았답니다.

그때, 저 멀리 산허리에 새하얀 것들이 잔디 위에 펼쳐져 있는 것이 보였어요. 키가 작은 루시는 허겁지겁 산 위로 기어올라갔어요. 좁다랗고 가파른 길을 지나 위로 더 위로 올라가자 리틀타운이 바로 발밑

에 있는 것처럼 보였어요. 굴뚝 안으로 돌멩이를 던져 넣을 수
도 있을 것 같았답니다!

　이윽고 루시는 산비탈에서 졸졸 흘러나오는 샘물을 발견했
어요. 바위 위에는 누군가가 물을 긷기 위해 양철 물통을 놓고
간 모양이었어요. 하지만 그 물통은 겨우 달걀만 한 크기라서
물이 벌써 철철 넘치고 있었답니다! 그리고 젖은 모래 위에는
아주 자그마한 발자국들이 찍혀 있었어요.

　루시는 달리고 또 달렸습니다. 하지만 산길은 커다란 바위 밑에서 끝이 났어요. 푸른 잔디밭 위에는 풀을 땋아 만든 빨랫줄이 고사리 줄기 사이에 걸려 있었고, 그 옆에는 빨래집게가 수북이 쌓여 있었어요. 하지만 여기에도 손수건은 없었답니다!

　그때 루시가 문 하나를 발견했어요! 그 문은 산속으로 들어가는 문이었답니다. 그리고 문 안쪽에서 누군가의 노랫소리가 들려왔어요.

깜찍한 주름 달린 앙증맞은 원피스를,
백합같이 새하얗고 깨끗하게 쓱싹쓱싹!
뜨거운 다리미로 쭈욱, 쭈욱,
깨끗한 옷 입으면 하루 종일 룰루랄라!

루시가 문을 똑똑 두드리자 노랫소리가 뚝 멈췄어요. 그러고
는 안에서 겁먹은 듯한 목소리가 들려왔답니다.

"누구셔유?"

루시가 문을 열고 들어갔어요. 대체 이런 산속에 누가 살고
있는 걸까요? 문을 열고 들어가니 아담하고 깔끔한 부엌이 나
타났어요. 여느 시골집 부엌

과 마찬가지로 돌바닥과
나무 기둥이 있는 부
엌이었답니다. 천장
이 너무 낮아 루시의
머리가 천장에 닿을
뻔했던 것만 빼고요.
뿐만 아니라 냄비와
프라이팬을 비롯한 방
안의 모든 것이 하나같
이 다 작았답니다.

방 안에서 뭔가를 뜨겁게 달구는 듯한 향긋한 냄새가 솔솔 풍겨왔어요. 그리고 탁자 앞에는 아주 뚱뚱한 여인이 한 손에는 다리미를 들고 겁에 질린 채 루시를 바라보고 서 있었답니다. 그녀는 원피스를 허리까지 걷어서 올린 채 줄무늬 속치마 위에 커다란 앞치마를 두르고 있었어요. 그녀는 새까만 코를 계속 훌쩍훌쩍거렸고, 두 눈은 반짝반짝했어요. 머리에는 레이스가 달린 모자를 쓰고 있었답니다. 그런데 글쎄 그 모자 아래로 뭐가 보였는지 아세요? 바로 뾰족뾰족한 가시였어요!

루시가 물었어요.

"아줌마는 누구세요? 혹시 제 손수건 못 보셨나요?"

키 작은 아주머니는 무릎을 살짝 굽혀 정중하게 인사를 하고는 말했습니다.

"네네, 들어오셔유. 티기 윙클이라고 하는구먼유. 앉으셔유. 빨래라면 저에게 맡겨 주셔유. 제가 이 동네 최고랍니다."

티기 윙클 아줌마는 빨래 바구니에서 옷 하나를 꺼내어 다리미판 위에 펼쳐놓았어요.

루시가 물었어요.

"그게 뭐죠? 혹시 제 손수건 아닌가요?"

"아, 아녜유 아씨, 이 작고 새빨간 조끼는 울새 로빈의 것이
구먼유!"

티기 윙클 아줌마는 울새 아저씨의
조끼를 다린 후 접어서 한쪽에 놓았
어요.

그러고는 빨래걸이에서 다른
옷 하나를 가져왔어요.

"그건 제 앞치마 같은데요?"

루시가 말했습니다.

"아, 아녜유 아씨, 이건 굴뚝

새 제니의 식탁보여유. 글쎄, 포도주를 쏟아버려서 아무리 씻어
도 얼룩이 안 지워지지 뭐예유!"

티기 윙클 아줌마가 투덜대며 말했어요.

티기 윙클 아줌마는 코를
훌쩍훌쩍거리더니, 눈을 반
짝반짝 빛내며 아궁이에
서 뜨거운 다리미 하나를
꺼내왔어요.

"그건 제 손수건이에
요! 그리고 그건 제 앞치
마고요!"

루시가 외쳤습니다.

티기 윙클 아줌마는 루시의 손수건과 앞치마를 정성껏 다리고, 주름을 잡은 뒤 레이스를 예쁘게 펴주었어요.

"우와, 너무너무 깨끗하고 예뻐요! 그런데 저것은 뭐죠? 마치 장갑처럼 손가락이 달려 있는 기다랗고 노란 것 말이에요."

루시가 말했습니다.

"아, 저것은 꼬꼬댁 샐리의 스타킹이랍니다. 글쎄, 뜰 안에서 내내 신고 다닌 나머지 발뒤꿈치 부분이 다 긁혀서 너덜너덜해졌지 뭐예유! 이제 곧 맨발 신세가 되겠네유!"

티기 윙클 아줌마가 말했습니다.

"어? 여기에 또 다른 손수건이 하나 있어요! 빨간색인 걸 보니 제 것은 아닌데요."

"아, 맞아유 아씨, 그 손수건은 토끼 부인의 것이랍니다. 양파 냄새가 어찌나 고약하던지, 이 손수건만 따로 빨았는데도 냄새가 아직 안 없어지지 뭐예유!"

"아, 여기 제 손수건이 하나 더 있어요!"

루시가 말했습니다.

"저기 이상하게 생긴 작고 하얀 것들은 뭐죠?"

"저것은 얼룩고양이 타비의 벙어리장갑이랍니다. 저것들은

다림질만 하면 된답니다. 타비는 스스로 핥아서 깨끗하게 만드
니까유!"

"여기 제 마지막 손수건이 있어요!"

루시가 말했습니다.

"녹말풀에는 무엇을 담그고 계신 거예요?"

"톰 팃 생쥐의 셔츠예요. 가장 까다로운 손님이지유!"

티기 윙클 아줌마가 말했어요.

"자, 이제 다림질을 끝냈으니 햇볕 아래에 좀 널어놓아야 되겠구먼유."

"이 보드랍고 보송보송한 털은 뭐예요?"

루시가 물었습니다.

"아, 그건 스켈길이라는 동네에 사는 아기 양들의 털외투랍니다!"

"양털을 벗을 수 있단 말씀이세요?"

루시가 놀라서 물었어요.

"아, 벗을 수 있고말고요. 어깨에 찍힌 도장을 보셔유. 한 벌은 게이츠가스라고 찍혀 있고, 다른 세 벌은 리틀타운에서 온 것이구먼유. 항상 이렇게 도장이 찍혀 있답니다!"

티기 윙클 아줌마가 말했어요.

티기 윙클 아줌마는 다양한 종류와 크기의 옷들을 빨랫줄에 널었어요. 우선 생쥐들이 입는 자그마한 갈색 외투들과 아주 부드러운 까만 두더지 가죽조끼를 널었지요. 그리고 다람쥐 넛킨이 입는 꼬리가 없는 연미복과 피터 래빗의 쪼그라든 파란 윗도리도 널었답니다. 그리고 마지막으로 빨래 중에 잃어버렸던 주인 모를 속치마까지 널고 나자 빨래 바구니는 텅 비었답니다.

그러고 나서 티기 윙클 아줌마는 루시와 함께 홍차를 한 잔씩 마셨어요. 아줌마와 루시는 아궁이 앞쪽의 기다란 의자에 앉아 서로를 힐끔힐끔 쳐다봤답니다. 찻잔을 쥔 티기 윙클 아줌마의 손은 아주아주 짙은 갈색이었고, 비누거품 때문에 아주아주 쭈글쭈글했어요. 그리고 원피스와 모자 위로는 뾰족뾰족한 머리털이 튀어나와 있었지요. 그래서 루시는 아줌마 옆에 가까이 가고 싶지 않았답니다.

홍차를 다 마시고 나서 티기 윙클 아줌마와 루시는 옷들을 보따리에 챙겼어요. 루시의 손수건은 깨끗한 앞치마 속에 잘 접어 넣은 뒤 떨어지지 않도록 은색 옷핀으로 고정시켰답니다.

그리고는 장작으로 아궁이에 불을 지핀 뒤 밖으로 나와 문을 잠갔어요. 그리고 열쇠는 문 아래에 숨겼답니다.

루시와 티기 윙클 아줌마는 옷 보따리를 들고 총총걸음으로 언덕을 내려왔어요. 언덕을 내려오는 동안 작은 아기 동물들이 숲속에서 나와 반겨주었답니다. 가장 먼저 피터 래빗과 벤저민 버니를 만났지요!

티기 윙클 아줌마는 아기 동물들에게 깨끗한 옷들을 돌려주었어요. 아기 동물들과 아기 새들은 티기 윙클 아줌마에게 고맙다고 소리 높여 말했답니다.

산길을 다 내려와 울타리에 도착하자 남아 있는 것은 루시의 작은 옷 꾸러미뿐이었어요!

루시는 옷 꾸러미를 손에 쥔 채 계단을 올라가 울타리를 넘었어요. 그러고는 빨래집 아줌마에게 작별 인사를 하려고 돌아섰지요. 그런데 이게 웬일이에요? 티기 윙클 아줌마는 고맙다는 인사도, 세탁비도 받지 않

고 저 멀리 달아나버린 것이 아니겠어요?

티기 윙클 아줌마는 산 위로 쪼르르르 쪼르르르 뛰어가고 있었어요. 그런데 이상하게도 아줌마가 입었던 레이스가 달린 새하얀 모자도, 망토도, 원피스도, 속치마도 감쪽같이 사라졌지 뭐예요!

게다가 티기 윙클 아줌마는 아주 작아져 있었어요. 그리고 갈색 몸통은 온통 뾰

족뾰족한 가시로 뒤덮여 있었답니다!

이럴 수가! 티기 윙클 아줌마는 그저 작은 고슴도치일 뿐이었던 거예요!

(사람들은 루시가 울타리 위에서 잠이 들었던 거래요. 그렇다면 은색 옷핀으로 동여맨 깨끗한 손수건 세 장과 앞치마는 어떻게 찾은 걸까요? 제가 비밀 하나 알려드릴까요? 사실은 저도 캣벨스라고 불리는 마을 뒷산 깊은 곳에 있는 문을 본 적이 있답니다. 그리고 이건 정말 비밀인데요. 사실 저는 티기 윙클 아줌마와 아주 친한 사이랍니다!)

제레미 피셔 이야기

옛날 옛적에 제레미 피셔라는 개구리가 살고 있었어요. 제레미 피셔의 집은 연못가에 핀 노란 꽃들 사이에 있었는데, 그 집은 언제나 축축하고 물이 뚝뚝 떨어지곤 했답니다.

그리고 식품 창고와 복도 바닥은 물이 고여 미끌미끌했어요. 하지만 제레미 아저씨는 발을 적시는 것을 좋아했답니다. 발이 젖어도 아무도 혼내는 사람이 없었고, 감기에 걸리는 일도 결코 없었으니까요!

제레미 아저씨는 굵은 빗방울이 후드득후드득 연못 위에 떨어지는 것을 보고 기분이 좋아져서 말했어요.

"지렁이를 잡아서 낚시를 하러 가야겠군. 오늘 저녁으로는 송사리를 먹어야지. 다섯 마리보다 더 많이 잡으면 톨레미 거북 의원님과 아이작 뉴턴 경을 초대해야지. 아 참, 의원님은 샐러드만 드셨었지."

제레미 아저씨는 고무로 만든 비옷을 입고 반들반들한 장화를 신었어요. 그러고는 낚싯대와 바구니를 챙겨서 낚싯배를 매어둔 곳까지 풀쩍풀쩍 뛰어갔지요. 아저씨의 점프 실력은 정말 대단했답니다.

둥그렇고 푸른 낚싯배
는 다른 연꽃잎과 다를
바가 없어 보였어요. 그
배는 연못 한가운데 있
는 물풀에 매어 있었답
니다.

제레미 아저씨는 갈대
가지를 꺾어 깊은 곳을
향해 노를 저었어요.

"송사리가 잘 잡힐 만한
곳을 내가 알고 있지."

제레미 피셔 아저씨
가 혼잣말을 했어요.

원하는 곳에 도착한
제레미 아저씨는 갈대
가지를 진흙 바닥에
깊이 꽂고 배를 가지에
묶었어요.

 제레미 아저씨는 책상다리를 하고 앉아 낚시 도구를 준비했
어요. 빨갛고 자그마한 예쁜 찌도 준비
했지요. 낚싯대는 튼튼한 풀대
로 만들었고, 낚싯줄은 길고
가느다란 말의 꼬리털이었
어요. 그리고 낚싯줄 끝에는
꿈틀대는 지렁이도 끼웠답
니다.

빗방울이 제레미 아저씨의 등 위로 줄줄 흘러내렸어요. 아저씨는 빗속에서 찌를 바라보며 거의 한 시간 동안이나 앉아 있었답니다.

"슬슬 따분해지는군. 점심이라도 먹어야겠어."

제레미 아저씨는 다시 노를 저어 물풀 사이로 돌아가 바구니에서 도시락을 꺼냈습니다.

"비가 그칠 때까지 호랑나비 샌드위치나 먹으면서 기다려야겠군."

그때 아주 커다란 물방개가 연꽃 아래를 헤엄치며 장화 속 아저씨의 발가락을 꼬집었어요.

제레미 아저씨는 물방개가 꼬집을 수 없도록 다리를 바짝 끌어당겨 앉은 뒤 계속 샌드위치를 먹었어요.

　한두 번쯤 연못가의 수풀 속에서 뭔가가 바스락대고 첨벙대
는 소리가 들렸답니다.

　제레미 피셔 아저씨가 중얼댔어요.

　"설마 생쥐는 아니겠지? 어서 여길 벗어나야겠군."

　제레미 아저씨는 다시 낚싯배를 움직여 조금 떨어진 곳으로 가서 미끼를 던졌어요. 그런데 이번엔 미끼를 던지자마자 물고기가 바늘을 덥석 무는 것이 아니겠어요? 낚시찌가 격렬히 흔들렸어요!

"송사리 이 녀석! 넌 이제 내 밥이다!"

제레미 피셔 아저씨가 외치며 낚싯대를 힘껏 낚아챘어요.

　에구머니나! 하지만 그것은 매끈하고 통통한 송사리가 아니
라 온통 가시로 뒤덮인 큰가시고기 잭 샤프였어요!

　큰가시고기는 낚싯배 위에서 퍼덕퍼덕하며 거의 숨이 끊어
질 때까지 아저씨를 콕콕 찌르고 철썩철썩 때렸어요. 그러고는
물속으로 풍덩 하고 다시 들어가버렸지요.

그러자 작은 물고기 떼가 물 밖으로 머리를 삐쭉 내밀고 제
레미 피셔 아저씨를 놀려댔답니다.

제레미 아저씨가 낚싯배 가장자리에 앉아 따끔거리는 손가락을 입에 문 채 넋을 놓고 물속을 바라보고 있을 때였어요. 그때 더욱더 무시무시한 일이 일어났답니다! 만약 제레미 아저씨가 고무로 만든 비옷을 입고 있지 않았다면 정말 끔찍한 일이 일어날 뻔했지 뭐예요!

  어마어마하게 큰 송어가 물살을 헤치고 수면 위로 올라와서
제레미 아저씨를 덥석 물어버렸어요!

  "아야! 아야!"

  그러고는 아저씨를 입에 물고 연못 깊은 곳으로 다시 헤엄쳐
들어갔답니다!

그러나 고무 비옷이 어찌나 맛이 없었던지 송어는 삼십 초도 안 되어 제레미 아저씨를 내뱉어버렸어요! 아저씨의 장화는 이미 송어가 삼켜버린 뒤였지요.

제레미 아저씨는 연못 바닥에서 펄쩍 뛰어 수면 위로 올라왔어요. 그 바람에 물방울이 뽀르르 올라와 마치 탄산음료의 병마개가 뻥 하고 터지는 것 같았답니다. 수면 위로 올라온 제레미 아저씨는 온 힘을 다해 연못가로 헤엄쳐갔어요.

강기슭에 도착한 아저씨는 재빨리 기어올라가 풀밭을 가로질러 집까지 껑충껑충 한걸음에 달려갔어요. 입고 있던 고무 비옷은 너덜너덜해진 채로 말이에요.

"휴! 십 년 감수했네! 낚싯대와 바구니는 잃어버렸지만 괜찮아. 앞으로는 두 번 다시 낚시를 하지 않을 테니까!"

제레미 아저씨는 손가락에 반창고를 붙이고는 저녁 식사에 초대한 친구들을 반갑게 맞이했어요.

안타깝게도 생선 요리는 대접할 수 없었지만, 식품 창고에 있는 다른 재료들로 요리를 했지요.

아이작 뉴턴 경은 검은색 반점 무늬가 찍힌 금색 조끼를 입고 왔어요. 그리고 톨레미 거북 의원님은 샐러드가 든 그물자루를 가져왔답니다.

친구들은 다 함께 앉아 저녁 식사를 했어요. 맛있는 송사리 요리는 없었지만 그 대신 무당벌레로 양념한 메뚜기 구이 요리를 먹었답니다. 나라면 그런 음식은 절대로 먹지 않겠지만, 개구리들은 메뚜기 요리를 아주 좋아한답니다.

톰 키튼 이야기

옛날 옛적에 아기 고양이 세 마리가 살고 있었어요. 고양이들의 이름은 미튼스, 톰 키튼, 모펫이었답니다.

얼룩덜룩하고 복슬복슬한 고양이털은 마치 아리따운 외투 같았지요. 아기 고양이들은 먼지가 풀풀 날리는 집 앞뜰에서 뒹굴며 뛰놀곤 했답니다.

그러던 어느 날이었습니다. 그날은 엄마 고양이 타비사 트위칫의 친구들이 차를 마시러 집에 놀러 오기로 한 날이었지요. 그래서 엄마 고양이는 친구들이 도착하기 전에 아기 고양이들을 얼른 집 안으로 데리고 들어와서 깨끗이 씻기고 옷을 입혔답니다.

첫 번째로 엄마 고양이는 아기 고양이들의 얼굴을 북북 문질러 씻었습니다. (이 아기 고양이는 모펫이에요.)

두 번째로 엄마 고양이는 아기 고양이들의 털을 쓱쓱 빗겨 주었어요. (이 아기 고양이는 미튼스입니다.)

　그리고 마지막으로 아기 고양이들의 꼬리와 수염도 가지런히 빗겨주었지요. (바로 이 아기 고양이가 톰 키튼이랍니다.)

　아주 말썽꾸러기였던 톰은 그만 엄마 고양이의 손을 할퀴고 말았어요!

엄마 고양이 타비사는 모펫과 미튼스에게 하얀 원피스와 레이스 목도리를 입혀주었어요. 그러고는 서랍장 안에서 가장 우아하고 불편한 옷들만 계속 꺼내놓는 게 아니겠어요? 바로 아들 톰 키튼에게 입히기 위해서였지요.

그러나 톰 키튼이 너무 뚱뚱해지고 키도 쑥쑥 자라버린 나머지 단추 몇 개가 떨어져 나가고 말았답니다!

엄마 고양이는 톰의 옷에 단추를 다시 달아주어야 했지요.

세 마리의 아기 고양이들이 모든 준비를 마치고 나자 엄마 고양이 타비사는 어리석게도 아기 고양이들을 정원으로 다시 내보내고 말았어요. 빵을 굽는 동안 아기 고양이들이 집 안을 어지럽힐까 봐 그랬던 것이었지요.

"우리 귀염둥이들, 옷을 더럽히면 안 된 다! 두 발로 서서 조심 조심 걸어 다니렴. 흙 탕물이나 꼬꼬댁 샐리 는 피해 다니고, 돼지 우리나 오리들 근처에 는 가지도 말아라."

모펫과 미튼스는 정 원 사이로 난 길을 뒤뚱 뒤뚱 걸어갔어요. 하지만 금세 원피스 자락을 발 로 밟아 땅에 고꾸라져 코를 박고야 말았지요.

저런! 원피스가 온통 초록색 얼룩투성이가 되 고 말았네요!

　"우리는 이제 바위 정원에 올라가서 돌담 위에 얌전히 앉아
구경이나 하자."

　모펫이 말했어요.

　모펫과 미튼스는 입고 있던 원피스를 뒤로 돌려 입고는 바위
정원을 폴짝폴짝 넘어 돌담 위로 껑충 뛰어올라갔어요. 그 바람
에 모펫의 하얀 레이스 목도리가 길 위로 떨어지고 말았답니다.

하지만 바지를 입은 채 두 발로 걷고 있던 톰 키튼은 마음껏 뛰어다닐 수가 없었어요. 톰 키튼은 고사리 풀 사이를 헤치면서 힘겹게 바위 정원 위로 올라갔어요. 그러던 바람에 또 단추가 떨어져 여기저기 흩어지고 말았답니다.

　그리고 마침내 톰 키튼이 돌담 위에 올랐을 때는 이미 옷이 다 갈기갈기 찢어져버렸지 뭐예요?

　모펫과 미튼스가 톰을 돌담 위로 힘껏 잡아당기자 톰의 모자는 길 위로 떨어졌고, 나머지 단추들도 모두 떨어져버렸답니다.

　아기 고양이들이 옷과 씨름하고 있을 때 어디선가 자박자박 척척 하는 소리가 들려왔어요! 글쎄 오리 세 마리가 딱딱하게 굳은 흙 길 위에서 발을 맞춰 나란히 행진을 하는 게 아니겠어요? 자박자박 척척! 뒤뚱뒤뚱 꽥꽥!

오리들은 일렬로 멈춰 서서 돌담 위의 아기 고양이들을 쳐다봤어요. 오리의 작은 눈이 놀라 휘둥그레졌답니다.

그때, 바닥에 떨어진 모자와 레이스 목도리를 발견한 오리 레베카와 제미마는 그것들을 주워 머리에 썼답니다.

그 모습을 본 미튼스는 깔깔거리고 웃다가 그만 돌담에서 굴러떨어지고 말았어요. 모펫과 톰이 미튼스를 따라 내려왔답니다.

아기 고양이들이 돌담에서 내려오는 동안 하얀 원피스들과 톰의 옷마저 땅에 떨어지고 말았어요.

모펫이 말했어요.

"어서요! 드레이크 퍼들덕 아저씨, 톰에게 옷을 입히는 것을 도와주세요! 단추 잠그는 것을 좀 도와주세요!"

드레이크 퍼들덕 아저씨는 느릿느릿 옆으로 걸어와서는 옷가지를 주섬주섬 집어 올렸어요.

하지만 아저씨는 그 옷들을 자기 몸에 걸치는 것이 아니겠어요? 그 옷은 톰 키튼이 입었을 때보다도 더 우스꽝스러워 보였답니다.

"아침부터 이게 웬 횡재람!"

드레이크 퍼들덕 아저씨가 말했습니다.

그리고 나서 아저씨는 제미마, 레베카와 함께 다시 발을 맞춰 길을 가기 시작했어요. 자박자박 척척, 뒤뚱뒤뚱 꽥꽥!

그때 정원으로 나온 엄마 고양이 타비사 트위칫은 발가벗은
채 돌담 위에 앉아 있는 아기 고양이들을 발견했답니다.

  엄마 고양이는 아기 고양이들을 돌담에서 끌어 내렸어요. 그
러고는 엉덩이를 찰싹찰싹 때려 혼을 내준 뒤 집으로 데리고
들어갔답니다.

"이제 곧 친구들이 올 텐데 너희들 꼴이 이게 뭐니! 정말 창피하구나!"

엄마 고양이 타비사 트위칫이 화가 나서 말했어요.

엄마 고양이는 아기 고양이들을 다락방으로 올려보냈어요. 그리고 친구들에게는 아기 고양이들이 홍역에 걸려 자고 있다고 말해야 했답니다. 물론 그 말은 사실이 아니었지만요.

아니나 다를까, 아기 고양이들은 자러 갈 생각조차도 하지 않았답니다.

엄마 고양이와 친구들이 우아하고 얌전하게 다과회를 즐기고 있는 동안 위층에서는 계속해서 이상한 소리들이 들려왔지요.

　아무래도 말썽꾸러기 톰 키튼에 대한 이야기를 다 들려주기
엔 이 책은 너무 짧은 것 같군요! 다음에 더 긴 이야기를 들려
드릴게요!

　아 참, 오리들은 어떻게 되었냐고요? 오리들은 연못으로 돌아갔답니다. 하지만 옷들은 곧바로 흘러내려 연못 바닥으로 가라앉고 말았지요. 옷에는 단추가 하나도 없었으니까요.

그 후로 드레이크 퍼들덕 아저씨와 제미마 그리고 레베카는
지금까지 연못 속에 머리를 파묻고 옷을 찾아다니고 있답니다.

제미마 퍼들덕 이야기

어머나! 아기 오리들이 암탉을 졸졸 따라다니고 있다니 이게 어찌 된 일일까요?

오늘은 농장 주인 아주머니가 알을 품지 못하게 만들어서 잔뜩 화가 난 제미마 퍼들덕에 관한 이야기를 해드릴게요.

　제미마의 시누이인 레베카 퍼들덕은 오히려 누군가가 자신의 알을 대신 품어주는 것을 아주 고맙게 여겼지요.

　"둥지 위에서 이십팔 일 동안이나 앉아 있는 것은 정말 따분하기 짝이 없는 일이야. 너도 그렇잖니, 제미마? 너도 인내심이 부족해서 결국 알을 차갑게 만들어버리고 말 거야. 너도 잘 알잖니!"

"나는 내 알을 스스로 품고 싶어요. 끝까지 다 잘 품을 수 있다고요!"

제미마 퍼들덕이 꽥꽥 소리를 질렀어요.

제미마는 알을 숨겨보려 노력했지만 농장의 일꾼들은 어김없이 숨겨진 알들을 찾아내 가져가버리곤 했답니다.

그러자 제미마 퍼들덕은 알에 대한 마음이 더욱더 간절해졌어요.

결국 제미마는
농장에서 멀리 떨
어진 곳에 둥지를
만들어야겠다고
다짐했답니다.

어느 화창한 봄
날 오후 제미마는
드디어 길을 나섰어요.

어깨에는 커
다란 망토를
두르고 머리
에는 널따란 챙
이 달린 모자를
쓴 채 울퉁불퉁한
길을 따라 언덕 위로
걸어 올라갔답니다. 드디어 언덕 꼭대기에 다다른 제미마는 저
멀리 있는 숲속을 바라봤어요.

숲속은 고요하고 안전한 장소처럼 보였답니다. 사실 제미마 퍼들덕은 하늘을 나는 데 익숙하지 않았어요. 그래도 망토를 펄럭이며 언덕을 뛰어내려가 힘차게 하늘로 날아올랐답니다.

멋지게 뛰어오른 제미마는 나무 꼭대기들 위로 아름답게 훨훨 날았어요. 그러던 중 제미마는 숲 한가운데 탁 트인 장소를 발견했지요. 그곳에는 나무도, 덤불도 없었답니다.

제미마는 무겁게 꽈당 하고 땅에 내려와 뒤뚱거리며 알을 낳기에 알맞은 아늑한 곳을 찾아 헤맸어요. 키 큰 보라색 꽃들 사이의 나무 그루터기가 제미마의 마음에 쏙 들었답니다.

　그런데 글쎄, 멋진 옷을 차려입은 어떤 신사가 그루터기에 앉아 신문을 읽고 있는 게 아니겠어요? 신문 너머로는 신사의 쫑긋 선 귀와 갈색 수염이 삐쭉삐쭉 튀어나와 있었답니다.

"꽥?"

제미마 퍼들덕이 모자를 쓴 머리를 갸우뚱하며 말했어요.

"꽥꽥?"

그러자 신사는 읽고 있던 신문을 살짝 내리고 호기심 가득한 눈을 들어 제미마를 쳐다봤어요.

"저런, 부인께서 길을 잃으셨나 보군요."

신사가 말했습니다. 신사는 축축한 그루터기에 길고 덥수룩한 꼬리를 깔고 앉아 있었답니다.

제미마는 그 신사가 아주 점잖고 잘생겼다고 생각했어요. 그

래서 길을 잃은 것이 아니라 알을 낳기에 알맞은 아늑한 둥지를 찾고 있다고 말했지요.

"아! 그렇습니까? 그렇군요!"

갈색 수염 아저씨가 호기심 가득한 눈으로 제미마를 쳐다보며 말한 뒤 신문을 접어 외투 뒷주머니에 집어넣었어요.

제미마는 욕심 많은 암탉에 대해 푸념을 늘어놓기 시작했답니다.

"저런! 속상하시겠군요! 제가 그 암탉을 만나면 남의 알은 넘보지 말라고 따끔하게 충고라도 해줄 텐데요. 그건 그렇고, 둥지는 걱정 마세요. 저희 집 헛간 가

득 깃털이 쌓여 있거든요. 아무도 방해하지 않을 겁니다, 부인.
언제까지든 원하시는 만큼 앉아 계셔도 됩니다."

아저씨가 길고 탐스러운 꼬리를 흔들며 말했습니다.

아저씨는 제미마를 보라색 꽃들로 둘러싸인 으스스한 외딴
집으로 데리고 갔어요. 나무와 짚으로 만든 초가집 지붕 위에
는 굴뚝 대신 구멍 난 양동이 두 개가 얹어져 있었답니다.

"여긴 제가 여름에 지내는 별장이랍니다. 겨울에는 굴속에서
지내는데 거긴 불편하실 거예요."

아저씨가 친절하게 말했습니다.

초가집 뒤쪽에는 낡은 널빤지로 만든 허름한 헛간이 있었답니다. 아저씨는 제미마가 들어갈 수 있도록 문을 열어주었어요.

헛간에는 숨이 막힐 정도로 깃털이 가득 깔려 있었어요. 하지만 아주 푹신하고 보드라운 깃털이었답니다. 제미마 퍼들덕은 엄청난 양의 깃털을 보고 깜짝 놀랐지만 아무런 의심 없이 깃털 더미 위에 둥지를 만들었답니다.

제미마가 밖으로 나왔을 때,

갈색 수염 아저씨는 통나무 위에 앉아 신문을 읽고 있었어요. 하지만 사실은 신문을 펼쳐놓고 힐끔힐끔 헛간을 쳐다보고 있었답니다.

제미마가 밤에는 농장에 돌아가야 한다고 말하자 친절한 신사는 매우 아쉬운 표정을 지었어요. 그러고는 다음 날 제미마가 다시 돌아올 때까지 둥지를 잘 지키고 있겠다고 굳게 약속을 했답니다.

아저씨는 오리 알과 아기 오리들을 아주 좋아한다고 말했어요. 자신의 헛간에 오리 알이 둥지 한가득 있다는 것에 자랑스러워하면서 말이에요.

제미마 퍼들덕은 매일 오후마다 헛간에 들렀답니다. 둥지에는 모두 아홉 개의 알이 있었는데, 아주 큼지막하고 푸른빛이 도는 하얀색 알이었어요.

여우 아저씨는 알을 보며 감탄을 금치 못했답니다. 그리고 제미마가 없을 때는 알을 이리저리 굴려보며 숫자를 헤아리곤 했지요.

그러던 어느 날, 드디어 제미마가 다음 날부터는 알을 품고 앉아 있어야겠다고 말했어요.

"그리고 가방에 옥수수도 좀 넣어 가지고 오려고요. 새끼 오리들이 태어날 때까지는 둥지를 떠날 수 없으니까요. 알이 차가워지면 안 되거든요."

제미마가 진지한 얼굴로 말했습니다.

"부인, 옥수수는 들고 오지 않으셔도 됩니다. 제게 귀리가 많이 있으니 나눠 드릴게요. 하지만 알을 품기 시작하면 지겹고 힘드실 테니, 그 전에 제가 요리를 하나 해드리지요. 우리끼리 파티나 한번 하는 게 어떨까요?"

갈색 수염 아저씨가 공손하게 말했습니다.

"맛있는 오믈렛을 만들어 드리고 싶은데, 실례가 안 된다면 농장 정원에서 채소를 좀 가져다주실 수 있겠습니까? 깻잎과 꿀풀, 박하와 양파 두 개 그리고 미나리를 좀 가져다주세요. 고기는 제가 준비하죠, 부인."

머리 나쁜 제미마 퍼들덕은 깻잎과 양파라는 말을 듣고도 조금도 의심하지 않았답니다. 그러고는 오리 구이에 들어갈 채소들을 따 모으며 농장 정원을 돌아다녔지요.

채소를 다 딴 뒤 제미마는 부엌으로 살금살금 들어가 바구니에서 양파 두 개를 꺼내 왔답니다. 몰래 부엌에서 빠져나오던 제미마는 양치기 개 켑과 마주치고 말았어요.

"그 양파로는 뭘 하려고 그래, 제미마 퍼들덕? 요즘 오후마다 매일 어딜 가는 거야?"

제미마는 양치기 개를 매우 존경했답니다. 그래서 그동안 있었던 이야기를 켑에게 들려주었지요.

양치기 켑은 고개를 숙이고는 제미마의 말을 귀 기울여 들었어요. 그리고 제미마가 친절한 갈색 수염 아저씨에 대해 이야기했을 때는 빙긋 웃었답니다.

켑은 숲과 초가집 그리고 헛간의 정확한 위치에 대해 제미마에게 자세히 물었어요. 그러고는 당장 아랫마을로 달려가서 산책 중이던 꼬마 사냥개 두 마리를 불렀답니다.

제미마 퍼들덕은 따뜻한 햇살 아래 언덕 위로 향하는 울퉁불퉁한 길을 마지막으로 오르기 시작했어요. 채소 다발과 양파가 든 주머니가 여간 무거운 게 아니었답니다.

제미마는 또다시 하늘로 껑충 뛰어올라 숲 위를 날아갔어요. 그러고는 길고 덥수룩한 꼬리를 가진 신사의 집 앞에 사뿐히 내려왔답니다.

여우 아저씨는 통나무 위에 앉아 코를 킁킁거리며 숲 주변을 불안한 눈으로 계속 둘러봤어요. 그러다 제미마를 보고는 깜짝 놀라 펄쩍 뛰었답니다.

"알을 살펴보는 즉시 집으로 들어오세요. 오믈렛에 쓸 채소는 저에게 주세요. 빨리요 빨리! 서둘러요!"

웬일인지 아저씨는 조금 퉁명스러웠어요. 아저씨가 그렇게 퉁명스럽게 말하는 모습을 제미마는 한 번도 본 적이 없었답니다. 아저씨의 그런 모습에 놀란 제미마는 왠지 불안해졌지요.

제미마가 헛간 안에 들어가 있을 때였어요. 갑자기 헛간 뒤쪽에서 타닥타닥 하는 발소리가 들렸어요. 그러고는 까만 코가 문 아래로 킁킁대며 냄새를 맡더니 글쎄 문을 철컥 잠그는 것이 아니겠어요? 제미마는 겁에 질려 발을 동동 굴렀답니다.

잠시 후 바깥에서는
사납고 무시무시한
소리가 들려왔어요!
멍멍, 으르렁, 왈왈!
깨갱, 꽥! 그리고 여
우 아저씨는 흔적도
없이 사라지고 말았
답니다.

잠시 후 켑이 헛간의
문을 열어 제미마 퍼들
덕을 꺼내주었어요. 그
런데 눈 깜짝할 사이
에 그만 꼬마 사냥
개들이 헛간 속으
로 뛰어들어가 제
미마의 알들을 다
먹어 치워버리고 말
았지 뭐예요!

켑은 귀를 물려 상처가 나 있었고, 꼬마 사냥개들도 다리를 절뚝거리고 있었어요. 제미마 퍼들덕은 켑과 꼬마 사냥개들의 보호를 받으며 집으로 돌아왔어요. 그러나 결국 태어나지 못한 알들을 생각하며 눈물을 뚝뚝 흘렸답니다.

하지만 유월이 되자 제미마는 또다시 알을 낳았고, 직접 알을 품어도 된다는 허락을 받아냈어요! 그러나 겨우 네 마리의 오리만 알을 깨고 나왔답니다. 제미마 퍼들덕은 여우 아저씨가 생각나 무서워서 알을 제대로 품지 못했다고 말했지만, 원래 제미마는 가만히 앉아 있지를 못하는 성격이었답니다!

100년간 전 세계 사람들의 관심을 받은
세상에서 가장 사랑스러운 토끼 이야기

약 100년 전, 영국 작가 베아트릭스 포터(Beatrix Potter)가 쓴 '피터 래빗 시리즈'는 20세기 최고의 아동문학으로 손꼽힌다. 전 세계 24개 언어로 번역 출간되었고, 2억 부 이상이 팔린 이 그림 동화는 23권의 시리즈로 엮어져 있다. 작은 시골 농장, 숲 속 등을 배경으로 주인공 피터 래빗과 동물 친구들이 엮어가는 하루하루의 소박하고도 재미있는 이야기가 펼쳐지며 우리나라에도 전편이 완역 소개되었다. 보기만 해도 힐링이 되는 베아트릭스 포터의 그림들 또한 여러 가지 방법으로 활용되며 시리즈의 인기를 이끄는 중요한 역할을 하고 있다.

세상에서 가장 사랑스러운 토끼를 탄생시킨 베아트릭스 포터는 1866년 7월 영국 런던의 법률가 집안에서 태어났다. 부모는 그녀를 'B'라는 애칭으로 부르곤 했으며, 랭커스터 면화 목장과 방적 공장을 경영하던 부모 덕에 부유한 삶을 살았다. 기록에 따르면 어린 베아트릭스에게는 여러 명의 가정교사가 있었고 밤에 잠잘 시간이나 특별한 경우에만 부모를 볼 수 있었다고 한다.

야생동물이 사는 들판에 둘러싸인 집에서 살았던 베아트릭스는 꽃과 동물, 자연에 관심이 많아서 어린 동생이자 친구인 버트람과 함께 토끼와 박쥐, 쥐와 고슴도치를 키웠고 자연을 그리며 놀았다. 버트람이 기숙학교로 떠나자 많은 시간을 홀로 방에서 보내야 했는데, 동생이 누나를 생각해서 방에 가져다놓은 작은 동물 인형들만이 그녀의 곁을 지켰다.

어린 베아트릭스는 동물 인형들을 다각도에서 세심하게 그렸다. 9세에 벌써 옷을 입은 동물들의 그림을 그리기 시작해 빅토리아 시대의 옷을 근사하게 차려입고 스케이트를 타는 토끼를 그리기도 했다. 그녀는 애완동물의 독특한 특징을 발견해 일기에 암호로 적어놓았는데, 어머니의 눈을 피하기 위해 너무 작게 적어서 돋보기를 써야 볼 수 있었고 그녀가 사망한 후 15년이 지나서야 암호를 풀었다고 한다.

한때 벤저민 바운서와 피터 파이퍼라는 이름의 토끼 두 마리를 길렀는데, 둘의 장난스런 행동들은 《벤저민 버니 이야기》와 《피터 래빗 이야기》의 모티프가 되었다. 색채 감각도 남달랐던 베아트릭스는 책을 쓰기 전에는 늘 그림을 그렸다. 오늘날 빅토리아앨버트미술관으로 이름이 바뀐 사우스켄싱턴박물관에 자주 가서 그림을 그리곤 했다는 이야기가 전해진다.

베아트릭스는 자신의 취미이자 특기인 '자연 관찰'에 몰두하다가 진균류에 대한 관심이 커져 학회에 논문까지 제출했다. 하지만 여자라는 이유로 학회 모임에서 직접 발표를 거부당했고, 결국 동화 작가가 되기로 마음을 먹었다. 베아트릭스가 작가이자 삽화가로 본격적으로 활동을 시작한 것은 27세 때 가정교사의 어린 아들 노엘 무어에게 편지를 보내면서부터였다.

편지에는 흑백 그림이 그려져 있었다. 그 4장의 편지에 담긴 이야기가 토대가 되어 오늘날의 '피터 래빗 시리즈'가 만들어진 것이다. 편지에 담긴 이야기는 세계 무대에 장난꾸러기 토끼의 등장을 예고했다.

베아트릭스는 글을 다듬어 여러 출판사들에 보냈지만 거절당한 뒤 1901년에 개인 자금으로 《피터 래빗 이야기》를 출판했다. 250부의 초판은 아주 잘 팔렸는데, 셜록 홈즈의 작가 코난 도일도 자녀들에게 그 책을 사줄 정도였다고 한다. 1년 뒤, 그녀의 책은 프레더릭 윈 출판사에서 컬러판으로 정식 출간되었다.

당시에 나온 베아트릭스 포터의 책들은 어린이를 위한 동화책의 완벽한 본보기로, 다음에 무슨 일이 일어날지 보기 위해 아이들이 기대에 차서 페이지를 넘기도록 구성되어 있었다. 또한 글과 그림도 자연스럽고 보기 좋게 균형이 맞춰져 있어서 아이들에게 선풍적인 인기를 끌 수밖에 없었다.

베아트릭스 포터는 여기에서 멈추지 않았다. 당시 상점에서 시리얼 제품 등의 마스코트 인형들을 판매하는 것을 보고, 직접 피터 래빗 인형을 만들어 판매하면서 저작권 등록을 했다. 지금까지도 피터 래빗은 선풍적인 인기를 바탕으로 인형은 물론 많은 생활용품의 디자인 요소로 활용되고 있다.

한편 여러 해 동안 함께 일한 프레더릭 원 출판사의 가장 나이 어린 편집자 노먼 원이 청혼을 한다. 하지만 약혼하고 몇 달 후, 노먼은 안타깝게도 백혈병으로 사망하고 베아트릭스는 슬픔을 극복하기 위해 레이크 지방에 있는 조용한 니어 소리 마을의 힐탑 농장에서 살기 시작했다. 소박한 시골 생활의 아름다움에 영감을 받은 그녀는 힐탑을 배경으로 많은 동화를 쓰면서 점차 환경보호 활동에 관심을 가지게 된다.

동화책과 상품의 로열티에 부친의 막대한 유산까지 물려받은 베아트릭스는 땅을 구하는 데 많은 돈을 썼다. 무차별적인 개발을 자연에 대한 폭력으로 받아들이고, 자신이 가진 돈으로 자연을 보존하기 위해 최대한도로 땅을 사들인 것이다. 그 덕분에 오늘날의 레이크 지방은 도시와 집, 마을조차 없는 아름다운 풍광을 자랑한다.

47세에 베아트릭스 포터는 힐탑 근처의 캐슬 농장을 구입할 때 인연을 맺은 윌리엄 힐리스와 결혼했다. 찾아오는 아이들을 실망시키지 않기 위해 늘 토끼를 키웠고 아이들에게 그 토끼들이 피터 래빗의 후예들이라 말하고는 했다. 아이들을 아끼고 사랑했던 베아트릭스를 위해, 30여 년 전에 설립된 베아트릭스포터협회에서는 전 세계 아이들에게 보낸 그녀의 편지 중 400여 통의 편지를 골라 모음집을 내고 그녀의 전기를 출판했다.

"아이의 영적 세계를 유지하는 것보다 천국이 더 현실적일 수 있다. 지식과 상식으로 균형을 잡고 더 이상 밤의 날아오름을 두려워하지 않지만, 아직도 우리는 삶의 이야기를 아주 조금밖에 이해하지 못한다."

1943년 12월 77세의 일기로 세상을 떠난 베아트릭스는 농장 14개와 집 20채, 4천 에이커의 땅을 자연보호 민간단체인 내셔널 트러스트에 남겼다. 그녀가 사망하고 3년 후인 1946년 힐탑에 있는 집이 대중에 공개되었고, 현재까지도 매년 7만 5천 명의 관광객이 다녀가고 있다.

자연을 사랑했던 베아트릭스가 어린이들을 위해 남긴 '피터 래빗 시리즈' 속 동물 주인공들은 각양각색의 인간 군상을 대변한다. 늑대에게 알을 빼앗길 뻔한 바보 오리, 다람쥐들이 바치는 뇌물을 받아 챙기는 올빼미, 그런 올빼미를 놀려대는 다람쥐, 이득이 없어지자 가난한 주인을 속여서 복수하는 고양이 등은 귀

엽거나 혹은 나쁘거나 하는 '인간적인' 모습으로 즐거움과 함께 우리를 돌아보게 한다.

어쩌면 베아트릭스는 이런 현실의 모습을 이야기 형식으로 보여주고 싶었는지도 모른다. 물론 재미있는 이야기이지만, 작가의 말처럼 '삶의 이야기를 아주 조금밖에 이해하지 못하는' 우리들은 아이러니하게도 다양한 동물 이야기를 통해 조금 더 현실을 가깝게 느끼게 된다. 베아트릭스 포터는 어릴 적부터 바깥 세계와 교류가 어려웠지만, 날카로운 통찰력으로 의인화된 동물들을 자연스럽게 묘사했다. 그 생생하게 살아 숨쉬는 묘사 덕분에 동화 속 주인공들은 아직까지도 사라지지 않고 여전히 독자들에게 사랑받고 있다.

1866년 영국 런던의 니어 소리라는 작은 마을에서 방적 공장을
       경영하던 상류층 법률가 집안에서 태어났다. 조용하고 수
       줍음 많은 성격으로, 동물 사랑이 남달라 집 안에서 토끼
       부터 개구리, 고슴도치, 박쥐까지 많은 동물을 길렀다.

1878년 미술 수업을 받기 시작했다.

1880년 사우스켄싱턴박물관(1899년 빅토리아앨버트미술관으로
       개칭)에서 주는 미술 관련 상을 받았다.

1882년 가족들과 함께 영국 북서부 지역인 레이크 지방으로 휴가

를 떠났다가 그곳의 아름다운 풍경에 큰 감동을 받고 영감을 얻는다.

1890년 벤저민 바운서라는 이름을 가진, 일생 첫 번째 토끼를 기르기 시작했다.

1893년 벤저민 바운서가 죽고 나서 피터라는 이름의 새로운 토끼를 맞이했다.

1901년 여러 출판사에서 출판을 거절당하자,《피터 래빗 이야기》 250부를 자비 출판했다. 반응이 아주 좋아 순식간에 초판이 팔려 나갔다.

1902년 프레더릭 원 출판사를 통해《피터 래빗 이야기》를 정식 출간했다. 이는 그녀가 쓴 최초의 소설이었다.《피터 래빗 이야기》는 발간과 동시에 엄청난 판매량을 기록했다.

1903년 《다람쥐 넛킨 이야기》,《글로스터의 재봉사》,《벤저민 버니 이야기》를 출간했다.

1904년 《말썽꾸러기 쥐 두 마리 이야기》를 출간했다.

1905년 레이크 지방으로 거주지를 옮긴 후, 그동안 책을 팔아 모은 돈과 자신의 유산을 모두 합쳐 그곳의 땅과 농장, 집을 구입하고 《티기 윙클 부인 이야기》, 《파이와 파이틀 이야기》를 출간했다. '피터 래빗'의 담당 편집자인 노먼 원이 청혼을 하고 둘은 비밀리에 약혼을 했다. 그러나 한 달 뒤 노먼 원이 갑작스럽게 백혈병으로 세상을 떠나자, 충격을 받고 더욱 일에만 몰두했다.

1906년 《제레미 피셔 이야기》, 《사납고 못된 토끼 이야기》, 《미스 모펫 이야기》를 출간했다.

1907년 《톰 키튼 이야기》를 출간했다.

1908년 《제미마 퍼들덕 이야기》, 《새뮤얼 위스커스 이야기》를 출간했다.

1909년 캐슬 코티지 농장을 사고 《플롭시의 아기 토끼들 이야기》, 《진저와 피클 이야기》를 출간했다.

1910년 《티틀마우스 아주머니 이야기》를 출간했다.

1911년 《티미 팁토스 이야기》를 출간했다.

1912년 《토드 씨 이야기》를 출간했다.

1913년 《피글링 블랜드 이야기》를 출간했다. 노먼 원의 죽음 이후
　　　　홀로 지내다가 47세에 자신의 변호사인 윌리엄 힐리스와
　　　　결혼했다. 이후 캐슬 코티지에서 지냈다.

1917년 《애플리 대플리 자장가》를 출간했다.

1918년 《도시 쥐 조니 이야기》를 출간했다.

1919년 린데스 하우에 있는 집을 사서 홀로 된 어머니에게 선물
　　　　했다.

1921년 《피터 래빗 이야기》, 《벤저민 버니 이야기》가 프랑스어로
　　　　발간되었고 《피터 래빗 이야기》가 점자판으로 발간되었다.

1922년 《세실리 파슬리 자장가》를 출간했다.

1930년 《꼬마 돼지 로빈슨 이야기》를 출간했다.

1936년 《피터 래빗 이야기》를 영화로 만들자는 월트 디즈니의 제
　　　안을 거절했다.

1943년 12월 22일 캐슬 코티지에서 77세를 일기로 사망했다. '피
　　　터 래빗 시리즈'의 탄생 배경이 된 500만 평에 이르는 땅
　　　과 농장, 저택을 기부하며 자연 그대로 잘 보존해달라는
　　　단 한 가지 유언을 남겼다. 현재까지도 포터의 유언대로
　　　피터 래빗이 탄생한 '레이크 지방'은 영국의 보호를 받으
　　　며 보존되고 있다.